旅伴文库·散文精品城际阅读

聂震宁／总主编
王剑冰／主编

北行记

阿德——著／绘

漓江出版社

图书在版编目（CIP）数据

北行记 / 阿德著 . — 桂林：漓江出版社，2018.8
ISBN 978-7-5407-8445-4
Ⅰ. ①北… Ⅱ. ①阿… Ⅲ. ①散文集 - 中国 - 当代 Ⅳ. ① I267
中国版本图书馆 CIP 数据核字（2018）第 087881 号

BEIXINGJI
北行记
阿德 著 / 绘

责任编辑：张 谦
助理编辑：谢青芸
书籍设计：石绍康
责任印制：杨 东

出版人：刘迪才
漓江出版社有限公司出版发行
广西桂林市南环路 22 号 邮政编码：541002
网址：http://www.lijiangbook.com
全国新华书店经销
销售热线：0773-2583322 010-85893190
三河市西华印务有限公司印刷
（河北省三河市洵阳镇化甲屯小学东
邮政编码：065200）
开本：880mm × 1230mm 1/32
印张：6.75 字数：61 千字 插页：7
2018 年 8 月第 1 版 2018 年 8 月第 1 次印刷
定价：35.00 元

目 录

Contents

北京

西双版纳

西藏

成都

总 序

聂震宁

《旅伴文库》乃应时而生的出版项目。当今之世，既是提倡全民阅读之时，又是高铁出行渐成趋势之际，正应了古人“读万卷书，行万里路”的人生信条。究其实，现代交通工具大大方便了百姓的出行，旅行几乎成了普通民众的一种生活常态，令“千里江陵一日还”有了现代意味。而全民阅读则还在国家、社会的提倡中，有识之士一直在呼吁让阅读成为一种生活方式，可是，要达到这一点要求，似乎还比较难；唯其难，故而需要多方设法推动，长期用心提倡。漓江出版社策划设计这一文库，既顺应了现代人出行的方便，更是推崇全民阅读，颇具趁旅行热潮助推全民阅读，借全民阅读提升旅行质量的匠心。

相比较已经形成热潮的出行，全民阅读还不够热。尽管国家为促进全民阅读立法，各级政府为全民阅读提供支持，每年“世界读书日”各地开展活动有声有色，“书香中国”活动在全国范围风生水起，家庭阅读、校园阅读、社区阅读、机关阅读渐次开展，然而，平心而论，这些大都还是在外力推动下的阅读，距离“让阅读成为一种生活方式”的目标还有长路要走。那么，如何才有望接近于这一目标呢？我们以为，让阅读与日常生活相伴或许是努力的基本方向。当民众出行热潮形成，包括旅游在内的旅行已经成为普通百姓的一种生活方式，提倡在旅途中阅读乃是顺理成章的事情。国际上曾有过“中国人不爱读书”的负面评价，评价者举证的，正是旅行途中许多欧美人在读书，而许多中国人并不读书的现象。那么，要改变这一国际负面印象，最直接的办法就是让更多的中国人在旅行途中读起书来。当然，在旅行途中读书并非为了做样子给国际人士观赏，而是全民阅读之树必然开出的日常生活阅读之花。《旅伴文库》正是为了催生这美丽的花朵而做出的努力。所谓“人生漫旅，好书伴你”，是该文库在广义层面的取意。

事实上，开展在旅行途中的阅读生活，对于提高我国旅游事业的质量也是大有裨益的。对于国人的旅行生活，一直都有某些负面的评价，认为盲目、简单、粗糙，缺少文化内涵和审美情趣，其中有一个我们前面已经提及的负面评价：中国人在旅行途中几乎都不读书。这些负面评价已经成为国民文化素质不高的重要证据。知书达理或知书达礼，不爱读书的民族谈何文化内涵和审美情趣！于是，近些年来，就有许多关于改善旅行生活，提高旅行质量的意见提出，其中有一条意见颇具感染力，那就是“带一本书去旅行”。

“带一本书去旅行”，其直接的用意是让人们在旅行途中闲暇时刻不至于无所事事。人在百无聊赖时，“第一等好事还是读书”，让休闲的状态也有优雅的生活方式，而阅读正是一个人最优雅的生活状态。旅行是一个发现美、欣赏美的历程，“带一本书去旅行”，读书可以明理，可以直接帮助我们丰富旅行知识，探寻美的存在，增加旅行的深度和厚度。旅行即意味着暂时摆脱日常世俗生活的纷扰，暂时忘却生活中某些庸俗无聊的烦恼，所谓“偷得浮生半日闲”，让身心得到休养；“带一本书去旅行”，可以让一本好书帮助我们超凡脱俗，让一本好书优雅的精神气质在旅途上陪伴我们的灵魂，让一次次旅行成为与一本本好书相伴随的精神之旅。

应时而生的《旅伴文库》其主旨便是倡导“带一本书在路上”，让精品图书成为旅行者的精神伴侣，在旅行热潮扑面而来的同时，也要让全民阅读热潮相伴而去，让“读万卷书，行万里路”成为现实。

为了旅途上阅读而设计的《旅伴文库》，自然要更多顾及旅行阅读的特点。旅行阅读当然是各有所好，可专门为旅行者编撰的图书，则要更多体现旅行者阅读的便捷、休闲、审美、精粹等需求特点。《旅伴文库》的三个子系列设计得很具匠心。其中，“散文精品城际阅读——中国当代散文精品七人展”系列，一年只选七位散文家，颇有“七剑下天山”的气概；每人每本不过5万字，极大突出了精选的精神，再配上贴切而有意趣的插图，有的就是作家本人所绘。“漓江的书，买了再说”，是20多年前本人在漓江出版社社长任上为该社拟定的广告语，如此的自信自诩，竟然在这个系列的设计中重新得以体会到。其他系列目前还在筹备阶段，基于出版社选题信息的保护，这里暂不细说，预期当能吸引眼球而令人想要一睹为快。

《旅伴文库》各个子系列的设计，显然走的是精品精读的路线。这是出版社此项目主持者的原则，也是编选工作的实际状况。“散文精品城际阅读”（2018）系列所编选的七人七种散文集即如此。在邀约散文名家加盟过程中，编选者主张作品优先，内容为王，名人也须出力作，否则宁可给新人新作以展示的机会。著名军旅作家朱秀海曾以其编剧的电视剧《乔家大院》《天地民心》等闻名于世，也曾以散文集《山在山的深处》享誉散文界，这次以名篇散文《一个人的车站》为书名新编新集，值得一读。致力于散文写作和研究的王剑冰，曾以《绝版的周庄》享誉海内外，为此旅游名胜江南古镇周庄几与王剑冰结成不解之缘，此番他又以《水墨周庄》为题加盟，旅途上的读者怎能放过不读？徐则臣，这位“70后”的作家曾凭借《如果大雪封门》获得第六届鲁迅文学奖短篇小说奖，其作品被誉为“标示出了一个人在青年时代可能达到的灵魂眼界”，此次精选了他写作近20年来的散文作品，相信能让读者感受到他的写作脉络。至于刘亮程，我不能不多说几句。2016年7月本人参加全国政协民族文化考察组去往新疆，在当地政协的安排下到了博格达山脉北麓的木垒哈萨克自治县英格堡乡菜籽沟村，造访了刘亮程的“一个人的村庄”——菜籽沟村，那是这位极具理想主义和人文情怀的散文家以一己之力挽救重建的“菜籽沟艺术家村落”，当时已初具规模，吸引了各类艺术家入驻。我们到村落里刘亮程的木垒书院参观，那天书院主人不在，是他的助手开门揖客。听了一些简要介绍，参加考察的政协委员无不感叹这位著名散文作家的文化情怀。本次他携新编散文集《半路上的库车》加盟，并且在书中插入他自己的画作，那画作既有西北少数民族的风情，又有作家与生俱来的文人画作韵味，可以让读者更为走近这位散文名家。

上述四位入选作家自然是读者相当熟悉的名人，他们的加盟可以体现《旅伴文库》的感召力和他们的合作诚意。可我们还要为几位散文界的新人入选而欣喜。陈彤虽然是多部电视剧如《新结婚时代》(合作)、《马文的战争》的著名编剧，可是在散文界仍是清新面孔，这次应邀以散文集《玻璃栈道》加盟，其人其文其气质的清新将是旅行者的最佳伴侣。董谦先生自称除22年新闻从业经验外，别无所长，一米九几的大高个，在深圳做了几年报社的副总，却因乡心难却，返身回到湖南汨罗乡下，亲自种稻，一心要种出无农药无化肥无转基因的生态大米，这次他给我们带来的《种稻记》，个中情趣自不待言。最后，我们还要加倍地关注阿德，他是散文写作界真正的新人，作为香港青年，漂内地十年，寻找家国认同感，这样的散文注定会让内地读者既觉得亲切又需要仔细咀嚼。

作为《旅伴文库》最先面世的第一个系列，“散文精品城际阅读”（2018）系列的七人七书可以称得上是精选精编而成，给我们浑然一体的感觉。对此，出版社是信心满满，相信读者也能兴趣满满。而对于整套文库后续的编选出版工作，则应当说是有了一个好的开头。管中可以窥豹，开局能见气象，相信《旅伴文库》是能够成为众多旅行者满意的伴侣的。

2017 年 9 月于贵州、广西、北京旅次中

聂震宁，全国政协委员，中国出版协会副理事长，中国韬奋基金会理事长，中国作协全国委员会名誉委员，《旅伴文库》总主编。

内地十年生活感言

2017 年是香港回归祖国 20 周年，也是我个人在内地混的第十个年头，所以我想用文字跟大家分享一下自己在无亲无故的情况下在内地生活十年的一些心路历程。

我知道现在大家都不像以前那么喜欢香港了，因为近年发生了很多冲突，闹得很不愉快，但正因为这样，我才想把自己的故事写出来，希望能让内地人多了解一下香港，同时也让香港人多了解一下内地。

随着内地和香港的关系变化，我也难免“躺枪”，刚来内地那阵子（2007 年），当我说自己是香港人的时候，人家会表现得对我格外友好。

但现在呢？

我一说自己是香港人，对方好像会不自觉地把我当成是那些殴打内地游客的香港人，甚至会问我：“你是中国人吗？”

其实说真的，最好不要问香港人这个问题，因为这个问题本身就很奇怪，就像你是男人，我却故意问你，你是男人吗？你听到会有什么感觉，会不会觉得我在找茬？

已经回归祖国二十年的香港人不是中国人，还能是哪个国家的人？

其实你可以试试问香港人这些问题，比如“如果给你穿越，你会去哪个朝代？”“你对敦煌莫高窟感兴趣吗？”“你想在冬天的时候去北京故宫看雪吗？”然后你会发现香港人骨子里其实很中国。

内地和香港二选一

有一次我在青旅遇到一个香港人，他是第一次来内地旅游，他一开口就跟我吐糟内地人不排队、说话大声粗鲁、随地扔垃圾这些鸡毛蒜皮的事。看他对内地的误解那么深，我心里挺不舒服的，为了让他变得包容些，我尝试跟他说说自己对内地的理解。

“你在内地坐过巴士吗？”我问他。

“坐过，那些内地人都不排队的，巴士一来就一窝蜂拥上去，超没素质！”

“大佬呀，怎么排呀？这里又不是香港，巴士站会有指示告诉我们该在哪里排队，内地的巴士站很多没有设计可以让人排队的标识，所以没法排呀！那你坐过内地的地铁吗？”

“坐过！”

“内地人排队吧？”

“排……”他不太甘心地承认。

“对呀，那是因为地铁月台上清楚写着该在哪里排队，所以排不排队是环境造成的，不是内地人天生就不排队，这点你能理解吧？”

“嗯。”他点头。

“还有你说的内地人乱扔垃圾的问题，唉，拜托，大家都是香港人，就别装了，要不是因为乱扔垃圾会罚 1500 元港币，你觉得香港人会有现在的公德心吗？说白了，这也不过是环境逼出来的素质而已！其实我觉得随着国力的提升，内地人的素质肯定会越来越高，这是毫无疑问的，但这需要时间呀。毕竟有那么多亿人。反正我可以很肯定地告诉你，你现在所在意的这些排队不排队的问题，随着时间的推移，最后都不会是问题！”

那个香港人和我算是他乡遇故知，所以我们聊了好久，最后他还问我：“如果有一天内地和香港发生很大很大的冲突，你会站在哪一边？”

说实话，我想过局势会变差，但从来没想过会差到只能二选一的地步。这是我对他的回答。

“我不会因为自己是香港人而盲目地站在香港那边，但我也不会因为现在人在内地混就识时务地站在内地这边，我想我会尝试化解这个冲突吧，因为这个让人痛心疾首的冲突本身就不应该存在！”

出发新大陆

离开香港并没有太多的不舍，更多是逃出生天的感觉，为的就是一个重生的机会。

不过祖国那么大，我该去哪里好呢？

深圳？算了吧，太近了，还不如留在香港呢。

广州？不太想留在说粤语的环境里。

上海？好像是另外一个香港，没劲。

北京？相当吸引人，但感觉首都过于热闹。

过滤掉一线城市之后，有个地方突然从我脑海里蹦了出来，那就是历史教科书上经常提到的十三朝古都——西安。我越想越觉得西安不错，因为它能满足我的三点要求：

一是下雪，这一点很重要，我 25 岁了但还没看过雪啊！

二是省钱，就算我不清楚内地的行情，但也知道西安的生活成本远比北上广深低。

三是历史，从小到大我都喜欢读历史，所以特别向往生活在一个充满历史感的城市。

我从罗湖口岸过关到深圳，睡了一宿的火车，在 2007 年 11 月 5 日下午 4 点多来到了西安。一踏出火车站我就看到中国规模最大、保存最完整的明代古城墙，真不愧是西安啊！内心激动了好一会儿之后，我便打车去到西安美术学院。说起学画画的原因，有一天我在公园看到一个老人正在写书法，然后灵光一闪冒出一个前所未有的新想法：我能不能也去做个艺术家？

艺术家是自由职业者可以尽情地宅在自己的小世界里，好像特别适合我这种不善交际的过气愤青。这样一想，美是挺美的，如果真要走这条路，我该从事哪方面的艺术才好呢？

书法？不！最不爱写字。

音乐？没天赋，五音不全。

摄影？没钱买单反。

画画？画画好像不错，那是我小学时代唯一被表扬过的科目，当年我用彩色铅笔画了一幅美少女战士，得到了老师和同学们的赞赏。虽然时隔多年，但我一直没有忘记那种被大家欣赏的喜悦感。

仔细想想，我对绘画还真是挺感兴趣的，如果真要搞艺术的话，那肯定就是画画了，但画什么好呢？

油画？国画？或者其他？

好像都可以吧，我毕竟白纸一张，什么也不懂。不过，也许是因为那时刚好在香港艺术馆看过国宝中的国宝——《清明上河图》的展出，深深被其气魄所震撼，所以还是觉得国画比较有魅力，比较想去学。

那现在就剩下最后一个问题了，我该去哪里学国画呢？

我在网上搜了非常多信息，把香港的画室和培训班都看了一下，尽量做到货比三家，找出一个最有性价比的地方去学。就在我浏览网页的时候，无意中看到北京某个画室的一条广告信息，点进去一看，惊讶地发现原来内地的画室不管是规模还是师资都远远超过香港，关键是学费比香港便宜很多！于是我开始琢磨着回内地学国画的可行性。

我拉着一个塞满家当的巨大行李箱很神气地走进美院，然后跟校方说明来意，他们说没问题，美院有对外开放的国画培训班，学费是一万五一年。

我当场惊呆了，来之前我在网上查过内地那些高考美术培训班的学费，大概是五千到七千，而美院竟然是一万五！这大大超出了我的预算，而且他们还说，学一年是不够的，一年只是基础。

我咽了一下口水，擦了擦没有流汗的额头，然后跟他们说考虑一下，明天再过来。其实根本不用考虑，我全副身家只有两万四，交了学费之后只剩九千，还能活多久呀?

之后我就再没考虑过学画的事了，毕竟内心深处，我其实只是想找个借口逃离香港而已。

西安 〉〉〉

在西安的第一个朋友

刚来西安的时候，我特别喜欢逛书院门，那是一条专卖文房四宝、古董字画的仿古步行街，就在那里我结识了比我大十二岁、靠摆摊为生的何老师。

第一眼看到何老师的时候，他正好在众人的围观之下，神态自若地用毛笔在宣纸上画出一朵又一朵写意牡丹花。他画了多久，我就在旁边看了多久，或许是我的长时间驻足引起了何老师的注意，画完之后他马上就问我，你觉得我这幅画怎么样？

老实说，我对国画没什么了解，不过，当时摊位的四周已经站了好几个潜在买家，所以我很识趣地夸赞一番。

何老师听到之后很高兴，问我是哪里人?

“香港。”

“原来是香港的朋友呀，难得呀，第一次来西安吗？”

“对呀，今天才第三天。”

“香港朋友，如果你不嫌弃的话，等收摊之后去我家坐一下吧！”何老师这番话说得很真诚，以至于我不好意思说不，虽然那时候我连他名字都不知道。

何老师的家离市中心有点远，我跟着他站了差不多 40 分钟的公交才到。踏进他家那瞬间，我就愣住了，这哪里算家？这只是一个没厕所没厨房、十平方米左右的小房间而已，里面除了桌子、椅子和破床一张之外，就是一地用毛笔写过字的宣纸，以至于整个房间都充斥着一股过于泛滥的墨汁味。

“这里一个月多少钱？”我突然好奇。

“才一百！”他有点得意地说，“而且我跟房东很熟，可以几个月才交一次房租！”

这么便宜！在西安竟然有一百块一个月的地方！我睡青年旅舍最便宜的床位也得20元一晚，一个月就六百了，虽然已经够便宜了，但如果有更便宜的，不是更好吗？不过话又说回来，让我一个人住这种地方，还真不太敢，这里看起来品流复杂，不怎么安全，何况我初来乍到，人地生疏，根本不知道西安哪里可以找到这样的房子。可是一想到能省掉大半的房租，确实让我有点心动，于是我跟才认识几个小时的何老师提出了一个非常大胆的提议："要不你帮我找一个类似这样的地方吧……要大一点的……要市中心一点的……我们一起住，租金水电由我来付怎么样？”

也许你会觉得我太鲁莽，在还没有搞清楚对方身份之前就提出“同居”，但除了省房租这个经济诱因之外，其实还有另一个主观原因：当我看到何老师这落魄潦倒的模样时，突然有一种莫名的感同身受，忍不住想要帮他一把。虽然我也没什么钱，但相对于他这种挣扎在温饱线上的人，还算是有那么一点点经济能力。

尽管我的同居提议很唐突，但以当时的情况来说，也算是双赢，所以何老师稍微犹豫了一会儿之后就爽快地点头同意了，显然他也不知道我是好人还是坏人，我们都是凭着一时感觉做了这个决定。

后来才知道何老师住的那种地方叫城中村，里面都是等待拆迁重建的破旧老房子，所以就算在比较市中心的地段，租金也很便宜。一星期之后，何老师在草场坡找到了一个比他原来住的地方大两倍多的房间，还附带一个小阳台，月租才 300 块，而且离他摆摊的书院门只有两站公交的距离，非常方便。

城中村的生活

在我们那个月租三百块的房间里，没桌子，没凳子，没家电，没碗筷，没炉子，什么都没有，除了两张破烂不堪、布满灰尘的旧床垫——估计也是人家搬不动才留下来——可谓家徒四壁。还好何老师虽然没钱，但有的是日常生活所需的瓶瓶罐罐，他把所有家当搬过来之后，我再给他几百块钱去添置些日用品，也就勉强像个狗窝了。

城中村的恶劣环境跟我以前在香港的生活差很远，但出乎意料的是，我适应得很快。

城中村也有它的优点，比如吃饭方便到给力的地步，一出门就是各种卖吃食的小店和摊位，卫不卫生不好说，但真心便宜，一笼包子加稀饭，2 块 5，早餐解决了；兰州拉面当午餐，4 块 5；下午茶吃个肉夹馍，2 块 5；有菜有肉的砂锅米线做晚餐，也不过是 6 块钱。

现在只剩下洗澡这个难题，香港人习惯每天洗澡，哪怕是在冷得哆嗦、牙齿打战的冬天，反正一天不洗澡就觉得浑身不舒服，难受！城中村有公共澡堂，4 块钱一次很便宜，可是里面的环境肮脏得让我觉得洗了也是白洗，去过几次之后，我受不了了。还好城中村对面就是省体育场，那边有家健身房，我问了下价钱，发现如果我每天都去健身房洗澡的话，竟然比去公共澡堂还便宜，于是果断掏钱办了张会员卡。

普通话

在城中村彻底安顿下来之后，接下来要应付的是普通话。普通话是一座很难翻越的大山，对所有香港人来说。

1982 年出生的我，接受港英政府的殖民教育到 15 岁。在回归前，我读过的所有学校都没有普通话这门课，所以我一句普通话都不会说。我是到了 20 岁才开始自学最基础的 b、p、m、f，可是就算记住了这些拼音也没有用，因为缺乏语言环境。我 25 岁前的生活圈子里只有香港人，没有说普通话的内地朋友，一个都没有。

再举个例子来说明我这一代80后香港人对普通话的陌生吧，记得在小学作文课堂里，语文老师总是不厌其烦地跟我们说：“不能直接写口语，一定要换成书面语！”

那时候我总是搞不明白为什么把口语写出来就是错的，为什么“我哋”一定要写成“我们”？为什么“唔知道”写出来的时候要变成“不知道”？

现在我明白了，这不是口语和书面语的问题，这是方言和普通话的问题，如果我们香港人平时说的是普通话，是可以直接写口语，做到我手写我口的。说出来也不怕你笑，我小学时根本不知道自己所说的其实只是一种方言。我还曾经一度以为全中国这么多亿人都是说粤语，而那些不会说粤语的都是乡下人。

2007年的我普通话有多不好?

反正一句话得重复三四次以上，对方才有可能“猜出”我的意思，而这已经算是运气好了。最受打击的那次发生在一家馄饨店，当时我想要勺子，但我根本不知道勺子叫勺子，在香港我们管勺子叫“匙羹”，所以尽管我已经跟服务员说了八九遍要匙羹，可她依然是听不明白！无奈之下，我只好很弱智地用手比画比画，她才猜到我想要的是勺子。

活了这么久，从来没想过要个匙羹这么简单的事，也得费上那么大的劲儿，所以学好普通话已经变得刻不容缓。为了学习，我开始很认真地煲国产剧，以前在香港只看 TVB。我煲了当时最火的《奋斗》《士兵突击》《家有儿女》……每当遇到听不明白的词儿，我就会记下来去问别人，比如刘星的妈妈总是说他“贫嘴”，要知道香港没有这个说法，从字面上去猜，我还以为是指小孩特别能吃，能吃到把父母都给吃穷了……

反正学语言没有捷径，当我觉得自己能够随心所欲、毫无压力说普通话的时候，已经是在内地待了两三年之后了。

书院门的辛酸

何老师每天都会去书院门摆摊卖画。那时候我兜里还有钱，不用干活，天天闲着没事干，所以经常跑去何老师的摊位凑热闹，消磨时间。日子久了，我看到一些游客看不到的事。

有一次我无意中看到何老师给客人发的名片上竟然印着“×× 画院院长”“陕西 ×××× 画院副院长”这样响亮的头衔，等客人走了之后，我怯怯地问何老师：“你这些头衔……是不是真的？”

“假的！”他压低嗓门说，“蒙一下游客而已，真是画院院长谁会在这里摆摊呀？稍微动动脑子想想都知道啦！”

2008年初的南方雪灾，西安也被波及，连续一个月几乎每天都在下雪——头几天我当然极度兴奋，那是我人生中第一次见到雪，可是慢慢发现冰天雪地很麻烦，老是摔倒。那时候只要雪稍微一停，何老师就会立即跑去书院门摆摊，因为对他来说，手停即是口停。还好在天气最冷那阵子，他接到了一笔订单，可以留在房间里画画，不用出去吹风受冷。城中村的房子没有供暖，何老师在我们房间里升起了一个烧蜂窝煤的炉子，看着也挺暖和的。

何老师一边听收音机的评书，一边画他最拿手的写意牡丹，他笑着跟我说："这次我画多少，他们都要！"

"那不就跟印钞票一样啦！那你的一幅四尺牡丹卖他们多少钱？"

"很便宜，三十元。"他若无其事地说。

虽然明知道不礼貌，但我还是忍不住问他："连这种价钱你都能接受呀？”

何老师突然停住了那只正在画画的手，抬头似笑非笑地看着我说：“一分钱一分货，那就随便画一画当练手呗！”何老师没骗我，他那批画的构图和设色基本上大同小异，给人一种工厂批量生产出来的感觉。或许他隐约发现了我有点不屑，就语重心长地提醒我说：“先解决吃饭问题吧，吃饱饭才有资格谈艺术。”

事实上何老师一直处于有了上顿没下顿的窘境之中，他倒霉起来真的可以摆摊半个月一幅画都没卖出去，所以也试过问我借钱应急。

有一天何老师忽然跟我说有急事要出趟远门。一星期之后他才回来，回来当晚我们跟平时一样，关灯之后聊一会儿才睡。

“你上星期去哪了？”我好奇。

“去北京奔丧了，我大姐中风死了……”

何老师的回答超出了我的所有想象，我本来还以为他是去北京找他姐夫商量事业发展的机会。他姐夫是写戏剧剧本的，在北京有些人脉，认识些文人雅士。

然而没想到是他大姐死了，我一时间也不知道该怎么接话："那……你们关系好吗？"

"非常好，她一直很照顾我们弟妹……"何老师沉默了一会儿，有点哽咽地说，"要不是几年前大姐鼓励我，要我无论如何千万别荒废了以前跟父亲学习了多年的书法，说不定我现在还在街上踩着三轮车卖水果……"

直到那时候我才知道，原来何老师是到了三十多岁之后才开始在书院门摆摊谋生。在这之前，他的人生也是够磨难的，他在少不更事的年纪因为群殴伤人而坐过牢，在学校门口卖过棉花糖，开过一家亏钱的小面馆，迫不得已的时候也试过干体力活，可是却被人嫌弃瘦不拉几没力气。反正他做什么都做不长，除了在书院门摆摊卖画。

何老师唏嘘地说："一开始在书院门摆摊，我只是写字（书法），后来发现根本卖不动，快要混不下去的时候，刚好看到旁边有个画牡丹的人卖画卖得特别好，于是我就开始学他那样画牡丹……”

原来每个在书院门混的人，背后都有一段心酸的摸爬滚打经历。

画室学艺

在西安混了整整一年之后，我才决定要去画室学习，但想学的已经不是最初的国画了，我现在只想学素描头像，因为貌似学会了这招就能摆摊挣钱。眼看我从香港带来的钱即将用完，找到一条谋生出路变得越来越重要。

西安美院对面有个破烂不堪的城中村叫罗家寨，里面有好几百个专门针对美术高考的画室，我也从中选了一个，付了老师 800 块，只学一个月，实在是囊中羞涩。

除了我这个兴趣爱好者，画室里全是美术高考生，他们每天的课程都安排得非常紧凑：

早上 9 点到 12 点　素描练习

午饭休息两小时

下午 2 点到 5 点　色彩练习

晚饭休息两小时

晚上 7 到 10 点　速写练习

你会发现光是根据画室制定的时间表，每天就已经有九个小时在画画了，可是那些为了考上美院的同学竟然连午休和晚饭时间都在画，甚至晚课结束后还继续留在画室画到凌晨两三点，不要命似的。

我经常会留意他们画画时的神情，说实话，好像没几个学生是在享受画画的乐趣，平时跟他们聊天，我听得最多的抱怨是："考完之后，我这辈子都不想再画画了！"

我当然不会也不必拼到他们这种丧心病狂的程

度，我感觉每天在课堂上画 9 个小时已经够呛了，再多真的会把自己那点绘画热情给画死了。

每个人都是从几何石膏体开始画，然后是静物写生，再然后是石膏头像，最后才是真人头像。可想而知，零基础的我想在短短一个月内掌握真人头像素描是不可能的。其实我也只是想找个老师领我入门，少走些弯路而已。

画了几天石膏和静物之后，我已经迫不及待地开始挑战素描头像，但是因为基本功的欠缺，所以理所当然地遇到了各种问题，比如眼睛不对称、嘴唇太过平面、鼻子没有突起的感觉、头发画得像假发头套似的……是的，确实有很多问题，但不管怎么说，我总算迈出了画画的第一步。

影楼化妆班

要在内地混，得有一技之长，我现在唯一会的就是画肖像，但目前还没到能摆摊挣钱的水平。我得再想想还有没有别的出路，还有没有什么工作跟画肖像有点关联的呢？

有，化妆！——这是从我脑袋里第一个跳出来的答案。

说起化妆，早在初二时我就接触过了。那年我在学校的戏剧社团演过一部戏，是关于一个富翁被谋杀，然后私家侦探介入调查，在寻找真相的过程中，逐步发现原来富翁身边每一个人都有杀人嫌疑。

在分配角色的时候，老师英明地让我演一个沉默寡言的管家，因为他知道我一上台就会紧张，所以对白不能多。关于角色安排，基本上算是量身定做，大家本色演出就行了。

但有一个角色安排得比较奇怪，情妇——剧中的女主角——竟然是让一个学姐去演。按理说要演风情万种的情妇，应该选社团里最漂亮的女生才对，可是老师竟然选了那个毫不起眼的学姐。她单眼皮，短头发，脸上还有很多雀斑，其实也不能说丑，只是很平凡而已。

到了正式演出那天，老师请来一个专业化妆师给我们每个人化妆搞造型。我演的管家比较老成，就换上一套黑色中山装，接着又化了中年人妆，其他演员也同样需要根据角色需求而进行改造，然后惊人的一幕出现了！

那个毫不起眼的学姐经过化妆打扮之后竟然变得超级漂亮！她眼睛变大了，睫毛变长了，头发变色了，脸上的雀斑没有了，胸部也不知道垫了什么玩意变挺了，就连个子都因为穿高跟鞋而高挑了几寸！

或许是因为当年学姐那一幕华丽的逆袭给我留下了太深刻的印象，以至于十二年之后的今天，当我要选一门技能谋生时，竟然会想到去学化妆。

学化妆并不便宜，我报了一个三个月的影楼化妆班，光是学费和化妆工具就花了四千多，为了省钱，我只好搬到条件恶劣但每个月只要一百五十元的学校宿舍。

那所培训学校除了开办化妆班，还有摄影班、美发班、美甲班、形象设计班，等等。我这届化妆班全是女生，只有我一个男的，所以被衬托得特别抢眼，而且我是开校以来第一个香港学生，所以很多人都认得我，尽管我不认识他们。

我的室友几乎都是来自陕西不同地方的县城或农村，我那时候普通话不好，对农村也没什么概念，所以没办法跟他们深交，但也不起什么冲突，能和平相处。

生存还是生活

化妆班结束后，我从学校宿舍搬到外边一个月租四百元的房间。我越来越感觉到自己可以靠画画谋生，但这只是感觉而已，不知道准不准，万一感觉错了的话，之后的日子就会过得非常狼狈。因为学化妆已经花掉我大半的钱，剩下的钱只够撑三个月左右，要找工作的话，就趁现在，不然以后会连房租都交不起。

但我能做什么呢？我没带毕业证书——什么证书都没带，我甚至没办法证明自己读过小学。不过话又说回来，就算带了恐怕也没用，内地这边多半不承认，又不是什么名校。再说了，我是一个连普通话都说不好的香港人，既不懂内地的职场文化，又没有专业性强的技能，我能做什么呀?

服务员是可以的……

但，如果千里迢迢来到西安只是为了做服务员的话，那我从一开始就根本没必要离开香港了。

我承认我是混不下去才来到内地，但正如之前所说，我同时也是带着冒险心来的，我脑海中最爱幻想的画面是在内地混得风生水起要风得风要雨得雨之后再华丽地回到香港耀武扬威张牙舞爪，没错，这是最俗气最俗不可耐的梦想——衣锦还乡。

对于衣锦还乡的渴望，只有真正体验过背井离乡滋味的人才会知道吧——你有过这种渴望吗?

衣锦还乡是个遥不可及的梦，一个连房租都快交不起的人，还是专注眼前比较靠谱。现在对我来说，是人生的一个关键时刻。我有两条路可选：一条是为了生存，做什么都行，能交房租饿不死就好；另一条是为了生活，努力去过着有点追求、有点变化、有点意思的日子。

是你，你会怎么选？

画肖像

我决定孤注一掷，把所有时间和精力都用来练习画肖像，赌一赌自己能不能成为一个画家。假如我在银两花光之前都没办法靠画肖像挣到钱，那我就认了。睡大街吧，总之不成功便成仁！我已经做好背水一战的准备。

此时此刻对于我来说，时间突然变得跟人民币一样珍贵，因为我得赶在破产之前让自己画肖像的水平达到摆摊标准。于是我开始疯狂地画画，每天一睁眼就画，噢不，还是先去吃碗馄饨再画，饿着肚子画画太不人道了。吃完早餐回来，我通常会翻一翻时尚杂志，看看里面哪个美女顺眼——那一刻会有那么一丁点觉得自己像个正在选妃子的昏君——脸蛋够漂亮的话就画她。

这算是个让自己心情愉悦的小秘诀吧，因为到了下午我就得临摹素描教科书上的那些头像，唉，都是些老头、大妈，特别没劲，净是画些鱼尾纹、法令纹、抬头纹、颈纹……画多了会想吐。

没有老师的指导，我确实走了不少弯路，不过话又说回来，摆摊所需要的绘画水平其实也不是那么高，闭关画画两个月之后，我觉得自己可以出山了。这时候，我全部身家只剩下不到五百块了。

本来我是想在鼓楼附近摆摊，因为那边也有几个画肖像的街头艺人，每晚生意好像也不错，但自从有一次我看到他们毫无尊严地被城管粗暴驱赶之后，就不太想在街头摆摊了，太没安全感了，不喜欢。

哪里摆摊可以不受城管干扰呢?

我想到一个不错的地方，就是我来西安第一天住的书院国际青年旅舍。那是我第一次住青旅，感觉非常好，很有氛围，店里经常举办活动，比如烧烤之夜、饺子之夜、免费啤酒、免费咖啡等等。我在想，要是在这家好玩有趣的青旅再多搞一个免费的画肖像的活动会怎么样？应该会很受欢迎吧。

只是，该怎么跟老板谈我的想法呢？贸然走进去提出这事好像有点唐突和尴尬，27 岁的时候，我的脸皮还是薄得吹弹可破。后来，我想到一个比较自然的方法。

我先是带着画具来到青旅办理入住，然后以客人的身份在院子里高调地摆起摊来，邀请几个闲着没事的住客来做模特儿，免费给他们画肖像。这个浮夸的举动引起了老板的好奇，他主动过来跟我搭讪了几句，然后我顺理成章跟他提出“打工换宿”的想法，老板欣然同意，说我随时都可以搬过来住。

以画为生

2009 年 7 月下旬我开始在青旅混了。

然而才混了没几天就已经有点混不下去。中午我去厨房打饭的时候，厨师竟然很凶地指着我说："你！你不能在这里吃饭！"

这是怎么回事？

厨师接着解释说："老板只是让你住在这里，没说过给你提供吃的！"

我当场就蒙了。

记得当时我是这样跟老板谈的："如果你让我免费住在这里，我可以每天帮你画两个小时的免费肖像。"

好吧，我确实没有提过要包吃，但是，这家青旅全体员工每一个人都是包吃包住的呀，这不是欺负我吗？

唉……谁会料到青旅老板那么抠门，为了省掉我这口饭钱而玩起了文字游戏，抓住我语言上的漏洞，有必要那么机关算尽吗？

此后，为了不用看到青旅员工们吃得津津有味的样子，每当到了饭点，我就躲到自己房间里啃泡面——最便宜的泡面，一块钱一袋那种。

唉，住宿算是解决了，可是吃饭还是得花钱，我兜里那几百块钱还能撑多久呢？

当时我唯一的收入是小费。这家青旅的客人几乎都是老外，我帮他们画完免费肖像之后，偶尔会收到五块、十块的小费，不多，但对于生活在水深火热之中的我来说，都是雪中送炭的救命钱。

后来，我从街头摆摊的肖像画家那里学了一招。这也许是行内的小秘密，说了有可能会被“追杀”，但这也就只有你能看到，应该无所谓吧。是这样的：

你（或者你女朋友）在街头看到有人摆摊画肖像，他写着的是五十元一张，然后你觉得这个价钱还好，于是坐下来让他画一张。画的时候，通常会有路人甲乙丙丁围观，好奇之心人皆有之嘛，这时候你会听到路人夸赞说“真像”“漂亮”之类的，然后你暗暗自喜，默默享受着这种被群众注视的快感。

画完之后，有两个可能性：一是画得像，你满意；二是画得不像。画得不像也有两个可能性：一是画家的水平问题，二是客人坐不住，动来动去，毫不配合——这种人我见过太多了，给个几十块钱像个大爷一样的客人，一点也不尊重眼前的画家。

一般来说，他是不会把你画丑，只会把你画得漂亮些，比如脸画尖一点，眼睛画大一点，所以说如果不像你的话，也只是漂亮得不太像你而已，这时候他会这样解释：“你看，多漂亮，我把你的内在神态都刻画出来了。”然后你满心欢喜。

总之不管像与不像，他都会想办法让你喜欢这张肖像画。一旦你喜欢了，他就会说：“你要贴个膜，要不然不好保存。”

你也是见过世面的人，很机智地拒绝二次消费，果断说：“不用了。”然后他就会用手指在你那张肖像画上面蹭一下，这一蹭会蹭掉一点色（铅笔、炭笔、炭精棒都会这样），最后你只好让他贴膜，不然这张肖像画不好带回家。

这个贴膜费，他会开价 30 元到 50 元，但你知道成本是多少吗？ 5 毛！所以如果你下次想在街头画肖像，最好先问清楚贴膜多少钱，比如画肖像是 50 元，但贴个膜也是 50 元的话，好像有点坑——不过如果你是有“土豪”光环的人，可以直接无视我的温馨提示。

其实画完的肖像确实需要保护，所以当我在青旅帮客人免费画完之后，也会问一下他们要不要贴膜，10 块钱。凭着老外客人偶尔的小费打赏，以及贴膜一次挣到 9 块 5 毛钱（扣除了 5 毛钱的成本），我总算能在青旅勉强混下去了。

北京 〉〉〉

青旅过年

2008年的春节，我在西安草场坡那个城中村里孤零零地一个人度过，这也是我第一次在内地过年。在这种普世欢腾的日子，我却在默默地“每逢佳节倍思亲”，想起来也够可怜的。

2009年的春节正值我在学化妆期间，为了避免重蹈去年孤独过年的悲惨覆辙，我应邀去了同一个宿舍的室友家里做客，本来是准备跟他以及他老婆孩子一起过年，蹭蹭别人家的年味，结果……唉，等以后有机会再跟你们说吧，这是一段黑历史。

2010年这个春节，我在北京的炮局青旅。

青旅过年就是不一样，人多，热闹，有气氛。除夕夜那晚，从六点开始，大家——老板和员工，以及一些过年不回家的住客——就聚在青旅的大厅准备包饺子，作为庆祝新年来临的活动。他们把大厅好几张桌子拼到一起，然后负责和面的就和面，做馅料的就做馅料，擀饺子皮的擀饺子皮，等这些难度系数最高的事情办妥之后，就邀请客人一起动手去包。这也是笑声最多的时候，因为当你看到那些老外客人竟然能把好好一个饺子包得如此畸形，实在是很难忍住不笑出来，还好在众人的边笑边指导之下，老外们总算慢慢捏出稍微有范儿的饺子了。这也算是一种文化交流吧。

大概八点的时候，第一锅饺子出来了，老板让我们员工先别吃，要学习雷锋，让给客人。这我明白，毕竟是客人嘛，可是第二锅、第三锅，以及之后的每一锅都让给了客人，这就让我有点不爽了。直到所有客人都吃得饱饱之后，我心想，该轮到我们吃了吧。

这时候老板竟然让我们清理桌子。

且慢，我还没吃呢。

说时迟，那时快，桌子一收拾好，马上就有几个菜陆续从厨房端出来，有羊肉、有猪耳朵、有肉丸子……还有可乐、橙汁、雪碧、啤酒、白酒——原来这才是我们员工的年夜饭，不光只是吃饺子，最后吃的才是真正的赢家，哈哈！

吃完年夜饭之后，有个老外问我要不要跟他们一起出去放鞭炮。鞭炮，多让人怀念的两个字。在我出生的时候，香港已经制定法律，严禁燃放烟花鞭炮。话虽如此，小学的时候，我还是偷偷放过，但后来管得越来越严，就再也见不到有人敢偷偷卖了。

看着老外手上拿着两大袋鞭炮烟花，我的肾上腺素不自觉地开始飙升起来，毫无疑问地加入了他们。我们一行六人浩浩荡荡地走出青旅，在街灯昏暗的胡同里东拐西转，总算找到一块比较空旷的地方，然后有人分了我一根久违了的鞭炮。在手里把玩着的同时，我不禁咽了一下口水，这也太大了吧！记得我小时候在香港偷偷放的鞭炮只有尾指那么小，而眼前这个，就像好莱坞电影里大 Boss 专用的奢华版古巴雪茄那么粗那么壮！

将近二十年没放过鞭炮的我有点手生了，还是先观望一下吧。很快，有个老外就按捺不住，一马当先向前走了七八米，只见他在漆黑的角落里蹲了十秒不到，然后就捂着耳朵极速跑回来我们身边，紧接着就是一声震耳欲聋的“嘭”！再然后就是一股浓浓的刺鼻的鞭炮味缓缓地飘过来。

我们制造出来的这声巨响引来了一个八九岁的小男孩，他看我是这帮人里面唯一的中国人，就伸手问我要鞭炮。说实话，这威力太大了，我也不太敢玩，就给了他。然后我就后悔了，因为他竟然连招呼都不打一个就在我们面前把鞭炮点燃起来，吓得我连忙窝囊地后退了几步。

在这千钧一发之际，只见这小男孩淡定自若地甩一下胳膊就把鞭炮扔得老远，其动作极像扔手榴弹似的，熟练程度堪比职业军人。看到这一幕的我们都惊呆了。

旁边那老外相当惊讶地问我："中国人是不是从小就接受过军事训练，你不觉得中国人很危险吗？"

我不知道该怎么回答，所以没理他，但我在想，他们回到欧洲之后会不会变得更加相信"中国威胁论"了？

【题外话】

既然是大年三十，那就说说在内地过年跟在香港过年有什么不一样吧。

先说红包，内地过年发红包，好像主要是发给小朋友，是压岁钱。而香港"派利是"是为了吉利，大人和小朋友都可以要。新年碰面的时候，我们都会热情地拱手作揖连续说几句"恭喜发财"，直到对方从怀里掏出“利是”为止，这是一种过年的文化风俗，好像粤语地区都这样的吧，不会觉得有什么不好意思。

还有一点值得一提，在香港只有没结婚的人才有资格“逗利是”，结了婚就只有派的份。我没结婚，假如我回香港过年遇到已婚的同学，就可以光明正大地逗他们的“利是”。

一般来说，如果是对外派的“利是”，大概是二十到五十元港币吧，不会太多，因为要发很多封；要是对内的话（家人亲戚），就上不封顶了，看个人经济条件。早在二十世纪八十年代，我父母已经给我两百元港币的“利是”，考虑到当时的物价，以及我只是个小学生，这真心是笔巨款，够我胡吃乱塞零食好一阵子！伤心的是，后来的每一年他们都只给我两百，完全不考虑香港的通货膨胀，“利是”变得越来越没感觉了。

第二个不一样是没有春晚。

我也是来到内地之后才知道原来除夕看春晚是一项如此重要的国民传统。在香港，我们从不看春晚。不，这样说好像不太恰当，容我想想该怎么表达清楚……

嗯……应该说，我们不知道有春晚的存在吧。在我依稀模糊的印象中，亚洲电视（现在已经倒闭了）好像会在年初二（或年初三四？）的晚上转播一个叫什么“春节联欢文艺晚会”之类的节目，都是说普通话，载歌载舞那种，现在一想，很有可能就是春晚！

那个说普通话的节目有多少香港人会看我不知道，但我可以非常肯定地说，在香港生活的那二十五年中，我连同我身边认识的所有朋友都没聊起过一句关于“春晚”的话。

除夕夜不看春晚的香港人，吃完年夜饭之后会去逛花市，那才是香港人的传统。

第三个不一样是回家的感觉。

香港这弹丸之地，从一个地方到另一个地方，怎么走也不会超过 3 个小时，所以家人之间聚在一起吃饭很平常，以至于过年的意义好像是更在乎吃上一顿丰盛的大餐，而不是团聚本身。

内地就不一样了，好几亿常年在外工作的人要经过春运的“九九八十一难”才能回到家，见到父母，吃上难得的年夜饭，那种历尽艰辛的团聚是香港人难以想象的。

教粤语

女朋友告诉我，豆瓣是一个很好玩的网站，里面有各种各样的兴趣小组。

“什么是兴趣小组？”

“比如我吧，我有拖延症，我就在豆瓣找了一个专治拖延症的小组，里面的人跟我一样都想改掉这个毛病，然后我们会互相监督，鼓励对方……总之，豆瓣什么小组都有，很有趣的！”

听女朋友这样一说，我有点概念了。

有一天我心血来潮地在豆瓣搜一下“粤语”，然后出现了一个名为“我们就想学粤语”的小组，点进去

一看发现原来有那么多人想学粤语，于是，我也凑凑热闹发了一帖《香港人在北京教你最地道的 TVB 港式粤语！》

是的，我是故意把标题写得很浮夸很陈奕迅[①]。

我教粤语不收钱，但又不是完全免费，我会要求对方拿出一些东西跟我交换，这样比较好玩。帖子发了没过久就已经有挺多人跟我说想学，其中有个叫“机器喵”的女生，她在豆邮（豆瓣的邮箱）里说：

“阿德你好。

“刚来北京吗？欢迎。

“我想学粤语，可以赐教吗？

“另外高中我是美术生，大学是艺术类考了广告设计专业，很多年不画画了，基本功也忘得差不多，呵呵。但可以教你 Photoshop 等设计软件。

“你在北京哪里呢？我在朝阳区朝外大街，盼回复。”

---

① 陈奕迅，香港男歌手，唱过一粤语歌名为“浮夸”。

Photoshop 我感兴趣，于是当晚就加了她 QQ。

我问机器喵为什么想学粤语？

她说，这是为了给广东的男朋友一个惊喜。然后她开始聊起感情，聊起她的情路坎坷——拜托，这不是我想聊的，但她已经一发不可收拾地向我倾诉……兴许有时候跟陌生人聊感情反而会轻松自在些吧。

总之情况就是她跟广东男朋友离离合合，就算他现在已经离她而去，成家立业了，但依然保留着藕断丝连的关系，唉……

几天后，机器喵约我出来见面，地点是王府井书店门口。我比她早到，就先去楼上的书店看看有没有合适的粤语教材。正当我在选书的时候，电话忽然响起，她说已经到了，于是我赶紧下楼，但我没看见她，奇怪了，难道还有其他大门吗？

我拿出手机再打给她，同时东张西望看看谁在接电话，没想到是那个美女！

我和机器喵都发现了对方，然后走近打招呼。

说实话，在我想象中，机器喵是个长相平庸的女生，因为在QQ上她总是说自己在感情方面处于弱势什么的，所以我理所当然地判断她不会好看到哪里去，然而万万没想到竟然是这么漂亮。

机器喵浑身散发出的是一种高颜值的知性美，毕竟她是在北京打拼了好几年的设计师。话说回来，若是平日上班，她这身穿着打扮会不会隆重了点，像是去参加宴会似的。

“你每天上班都穿得这么华丽吗？”

她嫣然一笑：“怎么可能，今天不是要跟老师您学粤语吗？不想失礼，所以才打扮一下，平时我穿得可随意了。”

那晚，机器喵请我吃了川菜，然后我带她到青旅坐一坐，顺便教了一个多小时的粤语。

第二堂课直接约在青旅见面，她下班之后骑单车过来。相对于上次，她这次朴素了许多，只是化了个淡妆，穿得也比较运动。不过人家的颜值和身材就摆在这里了，所以不管是什么风格，“收视率”都低不了，依然是一个让路人忍不住回头多看几眼的美女。

“你这次穿得很随意呢。”

“对呀，我平时就是这样上班的。”她忽然盯着我的衣服，若有所思地说：“你上次是不是也穿这身衣服？”

“哪——有——啊！你记错，哈哈哈哈！”我睁着眼睛说谎。其实，她说对了。我有两套一模一样的黑色运动服，交替着穿，所以在大多数场合，我都像动漫里的角色一样，永远穿着相同的衣服。要说理由的话，那就是懒呗，黑色耐脏，不用常常洗，就算要洗，运动服也干得快，方便。

除了机器喵，我还教过几个学生，但他们都拿不出可以跟我交换的东西，只能靠“请客”来换粤语。话说回来，通过这种方式认识一下不同的人也是挺有趣的。后来我收到一封豆邮，是说有人想跟我学粤语，但抽不出时间过来，要我到她上班的地方去教，她愿意给钱，最后我们谈好的价格是六十块钱九十分钟，一对一教学。

我如约来到商厦林立的朝阳门外大街的连锁咖啡店内，见到了学生，目测她比我大十岁以上，但表现得很恭敬："老师，您喝点什么吗？我请你喝。"

既然这咖啡钱不算在学费里，那当然恭敬不如从命。"拿铁，谢谢。"

我看着她排队，点咖啡，再取咖啡，然后优哉游哉地走回来，忍不住好奇："现在都十点多了，你还不用上班吗？"

"已经在上班了。"她颇为得意地对我笑了笑，"我是部门经理，可以自由安排时间。"

"那你怎么突然想学粤语了，兴趣吗？"我觉得先了解一下她的学习动机会有助于教学。

她没有马上回答我，而是先喝了一口咖啡才说："主要是为了工作吧，会说粤语的话，到广州出差开会都比较方便，而且还有机会被调派到香港，甚至国外。”

“国外？”

“是的，国外企业的华人高层主管很多都是说粤语的，顺便告诉你吧，我之前在法国工作了十多年。”说完，她又喝了一口咖啡。

她这一席话让我意识到，原来自己的母语竟然还有那么点商业价值。而后，我就正式开始收费教粤语了，学生虽然不多，但都是高薪白领，所以时薪还算不错，最高试过 100 块钱 1 小时。

通过偶尔教粤语，再加上在青旅画肖像可以省掉房租和饭钱，我在北京的生活总算不再那么捉襟见肘了。

补祝生日

我本来以为北京的夏天会比较凉快，没想到跟香港差不多，白天走在街上一样会闹出人命，尤其是那天下午，特别的闷热，所以我准备宅在青旅，靠吹空调来度过。在公共大厅的沙发上，我一边“葛优瘫”一边翻阅过期杂志，百无聊赖。忽然听到一把很熟悉的声音，不，是熟悉的腔调，是典型香港人说普通话的那种调调，也就是你们所谓的“港台腔”。

说话的是一个差不多四十岁的女人，不漂亮也不丑，身材中等，穿着普通，整体感觉就两个字：平凡。但我还是果断上前搭讪她，毕竟能在距离香港两千多公里的北京遇到老乡不容易。

“你是香港人吗？”我凑过去试探性地问道。

“是呀，你怎么知道的呀？”她的表情有点惊讶，本能地后退了半步，生怕我要谋财害命似的——这完全是颜值的问题，要是我长得帅的话就不会这样了……

我意识到自己有点吓到她了，于是马上改用粤语说：“放心，我都系香港人！”听到粤语之后她才稍微安心点，然后我接着说自己在这个青旅工作，帮人画肖像……

虽然我一开始的搭讪很失败，但说到底大家都是说粤语的香港人，所以才聊了一会儿就备感亲近——其实这应该是一种错觉吧，要是在香港，我和她很有可能话不投机，因为生活环境和社交圈子都挺不一样。

尽管如此，我们还是用最爱的粤语聊了好久，她对我在内地的不靠谱生活很感兴趣——我承认，自己在正常的香港人眼里，是个异类。当她听到我在西安最穷困的时候吃了差不多一个月的泡面时，情不自禁地开始用怜悯的眼光看我。其实还好吧，在内地，一个离乡背井的人，应该都试过吃一个月或以上的泡面吧。她只是拿正常香港人的生活标准去衡量我的处境，所以才显得我格外可怜。

聊着聊着，她突然说了一句触动人心的话："走！我请你吃饭，就当……就当是我补祝你的生日吧！"

写到这里，我必须得强调一下，在香港和内地过生日最本质的差别，就是谁来掏钱。在香港庆生的话，生日的人是一毛钱都不用掏的，比如我在生日当天约了几个好朋友出来吃大餐，这顿饭百分百是由他们 AA 分摊（不管是男是女），总之作为寿星公的我是不用掏钱的，而且还可以收礼物。在内地庆生是反过来的，谁生日谁埋单。

从青旅走 20 分钟，我们来到了簋街，那是北京著名的一条美食街，但这里所谓的美食好像不是针对我们香港人……我们沿着簋街来来回回反反复复地走，为的就是找一家看起来不辣的餐馆，不知道为什么整条街都在清一色地贩卖麻辣小龙虾。

我们好不容易才找到一家门口没有大写着“麻辣”这两个字的餐馆，保险起见，进店之前，我还特意问了服务员：“这里的菜不辣的吧？”

相对其他卖麻辣小龙虾的店而言，来这里吃饭的人不算多，随便找个靠窗的位置坐下来之后，我开始翻阅菜单了，菜价当然比我平时吃的苍蝇小馆贵得多，但考虑到簋街的名气，应该属于正常的价格范围吧。

她连菜单都没看就说：“随便点，爱吃什么就点什么！”

有她这句话我就放心了，我不客气地转向身旁的服务员点了三菜一汤，然后在心里算一下价格，糟了，竟然要两百多块，好像有点贵呀……

“等一等！”她突然叫住准备离开的服务员，“我要看看菜单！”

糟了，她看到之后会不会嫌贵？哎呀，我太傻了，人家说随便点也就是客套话而已，我竟然当真了，这下气氛可能会变得很尴尬了……

她看一看菜单之后就皱起了眉头。“不够啊！才几个菜啊？我再点几个吧！”她指着菜单上的烤鸭跟服务员说：“来半只，啊不，来一只吧！还有来个这个、这个和这个！”

我惊讶地看着她点菜，更惊讶她在结账时的镇定自若，那可是五百七十块钱的一顿饭呀！而且就我们两个人吃！

我在想，我是不是穷困潦倒太久了？所以不知不觉对钱的感觉都有点扭曲了，我觉得吃顿饭花个十块钱基本就够了，二十块已经很不错，三十块可以吃得很丰盛，四十块以上就有一种奢侈的感觉。

作为一个香港人，我现在真的是彻头彻尾的异类了。

朝　露

（上）

前女朋友叫朝露，土生土长的北京人，总是以北京为傲，自我感觉良好。不过，作为香港人的我，好像也没资格批评她这种地域优越感，貌似香港人也是这样……

朝露不会说英语、日语或粤语，她只会说她引以为傲的京片子。她的娱乐之一就是纠正我普通话的毛病，哪怕是在众目睽睽的大庭广众之下，只要她一发现我说错了，就会马上强迫我复读一遍她的标准普通话，搞得我像个小学生一样。

有时候吧，确实有点小尴尬（我成了路人眼中的傻子），但不得不承认，在朝露严厉无情的冷嘲热讽之下，我的普通话大有长进，最起码，我现在会说“哥们儿”而不是“哥们”，会说“你大爷”，会说“该干吗干吗去”，会说“挤兑”“找抽”“鸡贼”……可是后来有人告诉我，朝露教的其实是北京话！

不会吧，我还一直以为北京人说的是全中国最正宗的普通话……

我们经常去中国电影博物馆约会。

为什么经常去？

因为那里有个影厅，专门播放经典的国产电影，票价是每人两块钱。想一想我在香港那25年，看过的纯内地电影（不算与香港合资那种），可能不到十部吧，反正我数不出来了。在那个两块钱的特价影厅，我看了《被爱情遗忘的角落》《我的美丽乡愁》

《孔雀》之后，除了感动，还相当惊讶内地电影水平之高！不过，我也有点小怀疑：到底是电影本身好看，还是因为有朝露在旁边所以电影变得好看？——朝露就像秘制酱汁，能把我白饭般的平淡生活变得有滋有味。

在等电影开场的时候，为了打发时间，我们会逛逛中国电影博物馆内的那些展厅。说真的，那些记载着中国电影百年史的展厅，每一个对我来说都很陌生。逛到其中一个介绍中国电影动画史的展厅时，朝露忽然问我："你小时候，有没有看过《大闹天宫》？"

"没有……"

她用难以置信的表情接着问："《三个和尚》呢？"

"没有……"

"《雪孩子》呢？"

"没有……"

"你童年是怎么过的？"

"我……看日本动漫长大的。"

然后她很不屑地白了我一眼："哼，'不爱国'的家伙！"

朝露是个标准的吃货。

某个周末的约会，她带我来到鼓楼附近，说是要请我吃好吃的，可是走了半天还没到。"要去哪呀？我好饿呀！"

"想要吃炒肝，鼓楼一转弯。"她语无伦次地回了我这句。

走着走着，忽然就看到她所说的"姚记炒肝店"，从门口望过去，这家店平淡无奇，不过北京的老字号好像都是这样，深藏不露，低调得很。推门进去一看，发现人特别多。"你去找桌子，我排队去买。"朝露善于指挥。良久，朝露小心翼翼地捧着一个托盘回来，上面摆满了我没见过的食物。

"这是什么？"我拿起勺子在一碗黏糊糊的东西里搅拌了几下。

“这就是炒肝！姚记炒肝是京城最好吃的炒肝！今天就是特意带你这个土鳖来见识一下！”土鳖是朝露的常用词汇，刚开始我听着有点不舒服，但习惯了之后，我感觉这两个字其实是她对我的专用昵称。

我浅尝了一口，“哇——蛮好吃的嘛！我喜欢这种口感！有点像……香港的碗仔翅，我们那边特别喜欢吃这种糊状的东西。”

她得意地笑道：“那再来尝尝这碗吧！”

“这又是什么？牛杂吗？”

“土鳖就是土鳖！这可是北京人最爱的卤煮火烧！”朝露越来越神气。

我拿起筷子，夹了一块尝尝，还真挺好吃，忍不住赞叹：“生活在北京太幸福了！”

“那当然了！也不看看你跟谁一起！这儿，你知道这是什么吗？”她又给我出题。

看着这一片一片的油炸物，我只联想到：“……炸……薯片？”

“对了一个字，是炸——灌——肠！”她得意扬扬地解说。

“这玩意不怎么好吃……”我吃了一片，就不想再碰了。

“你，说，什，么。”她瞬间变脸，冷冷地看着我，眼神中透出一股可以见血封喉的杀气！

“没什么……挺……挺……好吃的！你……你……你也多吃点吧！”每次都这样，只要我说了北京半点不好，她就立马摆出一副要吃人的样子！她到底有多爱北京啊？！

“该渴了吧？喝一下这个吧！”

我听话地喝了一口，然后脸部肌肉不受控制地扭曲了一下，战战兢兢地问道：“这豆浆……有股怪味……是不是不太新鲜呀……”

“这是豆汁儿，就是这个味儿，乖，不能浪费，给我喝完。”她温柔地笑着说，但笑里全是刀。

没想到一年之后——也就是2011年——连美国前副总统拜登也亲临姚记炒肝店，说明朝露这吃货还真的蛮有水准。

（下）

是不是觉得朝露是个特别活泼的女生？

但其实我第一次见她时，她并不是这样。初次邂逅是在西安的七贤青旅，她是客人，我正准备帮她画肖像。就在动笔之前，她忽然提出一个很奇怪的要求："能不能把我画成十年前的样子？"说完她就把自己长到及腰、乌黑发亮的秀发扎成两条可爱的小辫子，像极了学生妹。"这就是我十年前的样子，你可以开始画了。"

从眼睛开始画起是我的个人习惯，就在我仔细观察她眼睛形状的时候，有一滴眼泪悄悄地从她眼角滑了下来。那是我第一次，也是唯一一次画肖像时看到别人哭，莫名其妙之余也有点不知所措，我怯怯地问她：“你……你没事吧？”

“没事……你继续画吧。”为了证明真的没事，她还硬挤出一个很牵强的笑容。

画完，她说了一声谢谢之后，头也不回就走了。

当晚在青旅的院子里，我看到朝露孤零零一个人坐在秋千上低头发呆，出于对她那滴眼泪的强烈好奇，我不由自主地走过去搭讪：“我可不可以陪你坐一会？”

她慢慢抬起头，看着我犹豫了几秒之后，才往秋千的边上挪一挪，腾出可以让我坐下来的位置（这是一个长凳般的双人秋千）。我一边轻轻地荡着秋千，一边倾听着朝露说她的故事。

首先没想到的是，她是离家出走的，而且已经半个月了，她形容此时此刻的自己是一只受到惊吓之后失去了方向的小鹿，只好到处乱跑，跑着跑着就来到西安了。

至于出走原因，虽然她说了各种各样的烦心事，但归根究底，还是因为那段长达十年的感情结束了。她说十年前的自己扎着两条可爱的小辫子，每天都过得无忧无虑。

那晚我觉得自己有点像神父，耐心地倾听着朝露长达三小时的告解，最后她淡淡地跟我说："谢谢你一直听我吐苦水，现在感觉好多了，也不知道为什么跟你说那么多……可能是因为我们不认识吧，跟你说了也无所谓。"

本来我以为这段萍水相逢就此告一段落，没想到第二天早上又遇到她。她看起来状态不错，比昨晚精神许多，好像想通了什么似的，她说："我想去找找工作……不知道为什么，突然觉得挺喜欢西安这个地方，想留下来。"

既然我已经知道了朝露的情况，不帮她好像有点说不过去，虽然我也是泥菩萨过江自身难保。"要不……我陪你去找工作吧，我在西安待了两年，对这里很熟悉！"我善意地跟她提议。

朝露犹豫了好久之后才开口说：“那好吧，如果你方便又有时间的话……”接下来几天，我陪她看报纸的招聘信息，陪她坐公交到不同地方去面试，最后虽然没找到工作，但她还是留下来了，因为我们在一起了。后来朝露告诉我，她那刻犹豫的不是要不要我陪她去找工作，而是要不要接受我。

半个月之后我离开了西安，跟着朝露去了北京。北漂头几个月我过得很潦倒，既没有积蓄，又没有收入，所以约会时所吃的每一顿饭都是朝露买单，而且每隔一段时间她都会偷偷塞点钱到我口袋里，给我应急。

记得有一次吵架闹分手，朝露竟然打开钱包，掏出里面所有现金，然后一边硬塞给我，一边眼睛红红哽咽地说：“你是跟着我才来到北京的，我有责任照顾你，这些钱你拿着，我身上就只有这么多，你要好自为之……如果将来你有困难，你还是可以来找我，我会帮你的。”

后来我在北京陆续找到了两份兼职，开始有点收入，就特别想请朝露吃顿大餐，可是她一直不同意，不知道是不是因为我的落魄形象已经在她心中根深蒂固了，反正她坚持不让我破费。正因为如此，我记得特别清楚的是唯一一次请她吃的那顿饭，那晚我说得很豪爽："你来决定吧，吃什么都可以，不用跟我客气！"没想到她最后竟然硬拉着我去吃"呷哺呷哺"，就是那种两个人只花个七八十块钱就能吃到撑死的廉价连锁火锅店。

那些花在我身上的钱，朝露从来都没跟我提起过，哪怕是在分手之后。倒是我自己常常会想起那些钱，粗略算了一下，她用来救济我的钱大概有七千元，这七千元对于当时正在北漂、穷困潦倒的我来说，是生死攸关的救命钱，我实在不敢想象，在那段最艰难的日子里要是没有了朝露，我会怎样……

总之，她是我的恩人，从前是，现在是，永远都是。

西双版纳 〉〉 〉

与朝露分手后，我又准备出发了，这次是去西双版纳了，帮青旅画墙绘，做义工。从白云机场飞到昆明之后，我接着坐公交去长途汽车站，然后买当晚去景洪的汽车票，最后在大巴车上睡了一夜才来到西双版纳。

青旅曼丽翠的老板，是我最喜欢的那种青旅老板，他出手大方，善待员工，这也是为什么我能在这里待上四个月之久。老板是湖南人，之前在深圳开工厂生产遥控器，后来忽然心血来潮跑到西双版纳开青旅。这是当地第一家青旅，连西方的旅游圣经《Lonely Planet》也有介绍，所以外国人特别多。

全牛宴

问你一个问题，你会在什么时候说自己是汉族？

或许你从来没想过这个问题，一时之间答不上，让我来替你答吧：遇到少数民族的时候。

正常情况下，你见到一个菲律宾人，应该不会莫名其妙地介绍自己是汉族吧，你会说自己是中国人。

如果你见过香港身份证，或许会诧异上面没有民族这一栏，那是因为香港习惯以地域划分，举个例子，如果你是一个出生在辽宁的满族姑娘，来到香港，那你就是内地人，再具体一点也不过是东北人，你当然可以说得更详细些，比如鞍山，但恐怕没几个香港人知道吧，总之，在香港没人会在意你是哪个民族。

有一点必须要说的是，香港人这样的“忽略”其实并不是什么不尊重或是瞧不起其他民族，要知道香港是个国际化城市，什么国家的人都有，就拿印尼人来说吧，印尼有一百多个民族（百度说的），谁会有空理会他们是印尼哪个民族的呢？大家肯定都只会称他们为印尼人是吧。

好吧，说得有点绕了，其实我想表达的是，香港人对少数民族没什么概念，像“五十六个民族大团结”这些宣传口号更是陌生。回归前，很多香港人跟我一样，是通过电视上的旅游节目才知道在内地某个山沟沟里有某个少数民族，但看完之后很快也就忘了，唯一能留下的印象就是他们很淳朴，有着自己的传统。话说我来内地这么久，也是到了西双版纳才有机会近距离接触到少数民族。

我在曼丽翠的待遇比之前的青旅都好，睡在一个男女混住的三人间，不再是上下床了，而且房间内还有卫浴。玲玲是我三人间的室友，她刚结束了在香格里拉的半年支教，正以边走边玩的方式回深圳。

玲玲说西双版纳有点贵，随便一个景点，门票加上交通费用就得过百。玲玲支教了半年，也就是说这半年没有任何收入，所以手头不是很宽裕，于是我提议说咱们可以骑单车到周边的傣族寨子看看，不用门票，而且还特别原生态。

第二天下午，我和玲玲各自在青旅选了一辆单车出发，我们没有固定目的地，只有固定目的，就是瞧一瞧傣族寨子。我们朝着郊区的方向骑了 40 分钟，越骑路边的树木杂草越多，忽然看到前方不远处有个入口，顺着入口的小路望过去是个傣族寨子，我们二话不说就拐了进去。

进寨以后没看见游客，只有傣族居民，我们本来是想到处参观，结果好像反过来“被参观”了，当地人毫不客气地用直勾勾的眼睛打量着我俩，他们不是没见过汉族人，估计只是没怎么见过两个汉族人骑着单车进他们的寨子而已。话说玲玲之后还被几个顽皮的小屁孩调戏呢。

托玲玲的福，我得以走进当地人家里做客，为什么说是托她的福呢？因为她很有亲和力，她在香格里拉支教时教的是藏族学生，知道怎样跟少数民族打交道。你想想，就我一个人的话，单凭我这“猥琐”的模样，你是当地人，你会开门邀请我进去喝杯茶吗？肯定不会！

玲玲确实很会搭讪，进屋之后，她先跟辈分最高的老奶奶说话聊天，然后又一边指着我，一边对那个正在无聊发呆的傣族小女孩说：“这个哥哥画画很厉害，你可以画一幅给他看看，让他教你怎么画。”小女孩一听就乐了，屁颠屁颠去拿了纸和笔回来，然后蹲在地上全神贯注地画画，而我就坐在旁边一直看她画。

喝完茶，聊完天，歇够之后我们便起来跟这户人家告辞，然后继续在寨子里到处骑骑逛逛。经过一个院子的时候，我瞧到门口有些血迹，在好奇心的驱使下把单车停在一旁，走进去看看，这一看就是一幅鲜血淋漓的画面——八九个傣族妇女正在大开杀戒，遍地都是肉、骨、内脏、皮毛，死无全尸……

忽然想起刚才玲玲的成功示范，于是我也想尝试搭讪一下少数民族，我硬从自己猥琐的脸上挤出一个友好的笑容去问门口那个傣族大姐："你好！今天是你们的什么节日吗？你们宰的是什么呀？"

此时傣族大姐正在切肉，右手拿着刀，所以就算看到我一个陌生男子走进来也不怕，她热情地笑着回答："猫哆哩，寨子今天要庆祝三八妇女节，我们早上宰了牛，准备晚上吃全牛宴！"

这时候玲玲也跟着走了进来，她一看四周的环境，奇怪地问道："怎么这里都是女人，没男人帮忙吗？"

傣族大姐一听便大笑起来，回答说："骚哆哩，我们傣族都是女人干活的！”

对于我这种不会做饭的人来说，平时看到的“牛”都是已经被煮熟并且以菜品的方式呈现，能像现在这样近距离观察到这些牛肚、牛肺、牛肠、牛肝、牛骨……还真是第一次，感觉挺震撼的。我看着这些傣族妇女一边拿着刀去砍去切，一边说说笑笑搞得屠宰现场的气氛一片欢乐，总感觉有点说不出来的诡异。

傣族大姐看我赖着不走，一直在看，便邀请道：“猫哆哩，晚上和我们一起吃全牛宴吧！保证好吃！”

我连想都没想，凭着本能就回答：“好啊！好啊！”原谅我，我现在已经进化成脸皮可以挡子弹的人，有饭必蹭，何况这一顿还是可遇不可求的节日大餐——全牛宴！

“请问，你刚才一直说的‘猫哆哩’是什么意思？”好学的玲玲忍不住向傣族大姐请教。

傣族大姐解释说：“猫哆哩是傣语帅哥的意思，骚哆哩！”

我自作聪明地顺着推测：“那‘骚哆哩’是美女的意思吗？”

“你真聪明，猫哆哩！”傣族大姐边说边冲我竖起大拇指，众人见她以夸小学生的方式去表扬我，都忍不住笑了出来。

貌似离全牛宴还有一段时间，于是我和玲玲想先出去逛逛再回来，临出门时，玲玲回头问大姐：“我们待会买些饮料回来，你们想喝什么？”

大姐一听乐了，很高兴地说买啤酒就好了。

我暗暗佩服玲玲的上道，是我的话，你懂的，我的惯性思维会让我心安理得地蹭饭。我们骑着单车，把寨子逛得差不多之后便去了小卖部，然后每人掏50块钱出来买啤酒。

傣族大姐看我和玲玲说到做到，真的捧着两大箱啤酒回来，高兴得不得了，随即摆出一桌全牛宴让我们先吃为快。说实话，之前还真有那么一刻，我挺假仁假义地觉得这头牛可怜，但此时一看到桌上这些美味菜肴，顿时觉得这牛死得其所！尤其是傣族大姐后来才端上来的牛腩汤，简直让我为之疯狂，喝完一碗又来一碗！这牛腩汤的牛腩，被炖得烂烂的，入口即化；这牛腩汤的汤，熬了整整一天，味道鲜美至极。而汤里那几片新鲜摘下来的薄荷叶更是神来之笔，很不可思议地制造出另一种口感层次。

实不相瞒，这顿全牛宴，我是抱着马上就要上刑场被砍头的心情去吃的，所以吃得特别特别凶猛，真的是吃到离撑破肚皮只有一口之遥才舍得放下筷子。筷子一放下，顿时觉得肚子难受无比，仿佛快要爆炸——不是吃错东西要上厕所那种爆炸，是胃疼肚子疼那种！

傣族大姐见我一脸难受，便递了一碗东西给我："猫哆哩，尝尝这个！"

我双手一接，问道："这是什么？"

“这是用炭火烤出来的牛肠，可以帮助消化，肚子不舒服，也可以吃，是我们傣族的一种药。”

“直接吃吗？”玲玲问。

“沾点盐巴会更好。”傣族大姐建议说。

肚子疼就吃肠，听起来有点像广东人经常说的以形补形。我在牛肠上稍微撒了点盐巴之后，便开始犹豫到底吃还是不吃。因为这牛肠……烤得太像大便了……

但肚子确实疼得难受，哎呀，不管了，止痛要紧，我战战兢兢地把一小块牛肠送到嘴边，然后闭眼一咬，欸！味道不像大便（虽然我也不知道大便吃起来是什么味道），只是有点苦涩而已，可能是烤焦了吧。说来神奇，这碳烤牛肠吃了之后，没一会儿我肚子真的就不疼了。

全牛宴在寨子里的一块空地进行，从下午六点开始村民便陆续赶来集合，这时候空地已经摆好了多张矮圆桌，每张桌子上的菜肴都跟我刚才吃的一模一样。此时我和玲玲早已饱得不能再饱，便坐在一旁耐心等待傣族大姐提到过的民族歌舞表演，可是等到晚上八点还没开始，只见村民们依然是吃喝不停，好不热闹。

我和玲玲商量之后觉得是时候回青旅了，便过去跟傣族大姐告辞，她问我们："你们还认得出寨子的路吗？"

天没黑之前，我还是有点把握可以原路返回，但现在……我不太自信地说："有点印象吧……"

"这样吧，我让人送你们两个出村！"说完，大姐让一名傣族男子骑摩托车给我们带路。

傣族男子在前面慢慢地骑着摩托车，我和玲玲踩着单车紧随其后，骑到村口附近，看到了路灯，我的方向感瞬间回来了。因为不认识这哥们儿，怕他是被大姐吩咐才不得不骑车出来送我俩，所以也不好意思太麻烦他，便对他说："送到这里就可以了，我大概知道该怎么回去，谢谢你啊！”

没想到他很热情地说：“再送你们一段吧！把你们送到宣慰大道，路就好认了，走吧！”

说真的，我在内地十年，后来也遇到过其他些少数民族，但要我说印象最好的，真的就是傣族了。

泼水节和宝叔

那天下午，宝叔第一次出现在曼丽翠的前台时，我就已经跟他说："哥们儿，你很面熟，我好像是在什么地方见过你……"

宝叔很认真地看了我几秒钟，然后摇了摇头，微笑着说："我没印象。"

"但我真的好像是在什么地方见过你，可是想不起来呀……"我确实很不甘心，虽说我总是记不住别人的名字，但脸我认得可好了，这是我小小的骄傲，不能丢！

宝叔见我绞尽脑汁去回忆，便笑着说："你可以慢慢想。”

我忽然意识到跟一个陌生男人这样搭讪有点奇怪，于是赶紧跟他澄清说：“哥们儿，千万别误会！我只喜欢女人，而且一般也只会对女人有印象……”我之所以对宝叔有一种似曾相识的感觉，是因为他的笑容，我感觉自己好像曾经在某个地方见过他那孩子般的纯真笑容。

“我会在这里待到泼水节之后，你想起来的话就告诉我吧。”说完，宝叔又对我灿烂地笑了笑。

泼水节是西双版纳一年中旅游生意最火爆的时候，青旅早在一个月前就已经被预约满了。到了临近泼水节那几天，客人们陆陆续续地从全国各地赶来，把青旅挤得热闹非凡。有的人来之前没预约，到了青旅才发现没房，只好到外边找其他地方住宿，没想到这一找才发现青旅真是西双版纳旅游界的良心呀，因为在泼水节这几天，外边一个普普通通的房间都会卖到六百以上，而青旅的三人间床位只卖一百，标间也不到三百。老实说，喜欢住青旅的人，一半是因为情怀，另一半是因为省钱，所以这些人现在正面临着一个尴尬的问题：青旅没房而外边又住不起，怎么办呢？

那就睡青旅大厅的沙发呗，一般来说青旅都会对这些“沙发客”收点钱，不多，十块二十块吧，但曼丽翠的老板很有人情味，他分文不收，免费让这些囊中羞涩的人随便蹭水蹭电蹭沙发。

泼水节其实是傣族的新年，泼水是一种庆祝方式，但并不是说整个新年期间都可以随便泼水，泼水只能在指定的某天或某几天（具体日期因地而异），如果你乱泼的话，轻则会被人问候祖宗，重则直接被群殴。我所在的景洪市，把泼水定在傣族新年第三天。

新年第一天的早上，我和青旅的小伙伴们组队去澜沧江边上看龙舟比赛，中午看了斗鸡，晚上又放了孔明灯许了个中彩票头奖的愿。第二天街上有花车巡游，一大堆盛装打扮的美女在缓缓行驶的花车上向路人微笑挥手，而平时打扮得很汉化的年轻傣族姑娘们也纷纷换上了色彩艳丽的传统民族服装，一个个婀娜多姿，既让人饱了眼福，又增添许多节日气氛。

街上这两天多了很多卖传统小吃的傣族阿姨，除此之外还忽然多了一批卖水枪和水盆的摊贩，因为明天就是万众期待的新年第三天，泼水节的高潮，水战！

傣族新年第三天早上，正在睡梦中的我突然被一声惨叫所惊醒，我意识到战斗已经开始了，便赶紧拿着水枪到洗手间灌水，水一满，脸也不洗就夺门而出。昨晚已经跟青旅几个员工商量好，明天醒来先到一楼前台集合，于是我且战且走，从四楼杀到前台，顺利会师之后我们又招了几个比较顺眼的客人，这样一来我们的“犯罪团伙”就壮大到八人之多。之后的事就简单了，只需要尽情发扬欺善怕恶的精神，专门欺负那些落单的客人。

我们打遍青旅无敌手，直到后来那三个老外的出现。他们是以色列人，不知道大家知不知道，以色列男人都得服兵役，而且会被派到动乱地区（因为以色列和巴勒斯坦的长期冲突）。总之，这三个以色列男人都很彪悍，而且他们舍得花钱，配备的都是街上卖一百多块钱一把的远程水枪，除了武器，他们连防具也很强大，身穿雨衣，头戴潜望镜，一副刀枪不入的样子。

那三个装备精良的以色列人也专门欺负落单的客人，但那画风让我们看得很不舒服，中国人欺负中国人这点大家都能接受——反正我能接受，貌似我们这帮人现在就正干着这么缺德的事……但眼看着老外在咱的地盘上欺负中国人，就真的让人无法忍受，于是我们决定改邪归正，从欺压百姓的“土匪流氓”摇身一变成了打倒帝国主义的“正义之师”。

不过，那几个以色列人的战斗力实在是太猛了，一个能顶我们几个，咱在人数上的优势根本占不到便宜，以他们那种武装程度，只有鼻子可以作为攻击目标，而我们水枪的直线射击基本上对他们无效，唯有捧着一盆水尽量从下往上地冲他们的脸泼过去，但问题是靠得那么近，肯定会被他们的水枪连环射击，万一咱的“狗眼”被这帮老外射瞎了，那可不是闹着玩的……

还好咱人多，在爱国主义的号召下，我们几乎动员了所有在青旅的中国人共同作战，算是以人数上的绝对优势弥补了装备上的落后。

这场战役一直僵持到早上九点多才结束，最后在不分胜负的情况下双方同意停战。貌似大家都是一醒来就开始战斗，连早餐都没吃，这会儿一歇下来都觉得快要饿疯了，便纷纷坐在青旅绿油油的大院子里吃起了早餐。一阵狼吞虎咽之后，胃口得到满足的众人开始进入了吹牛模式，都在夸自己刚才在水战中有多牛，对方有多怂……就在这时候，忽然听见地上传来“啪”的一声闷响，接着是水花四溅，溅湿了我们才稍微干了一点的衣服。偷袭我们的原来是一群住在附近的熊孩子，只见他们又拿起一个灌满水的气球做手榴弹，准备朝我方扔过来，我们见状随即做鸟兽散，并抄起水枪，全面迎战。

其实，作为大人的我们，是不应该欺负小朋友的，但既然被挑衅了，当然要反击一下，就当作是小惩大诫吧。然而万万没想到，这些傣族熊孩子的战斗力如此强大，我方好几个战友的眼睛、耳朵都相继进水，伤员数量持续上升。

此刻我才发现他们原来根本不是小孩，而是一群打不死的“丧尸”！他们不用水枪，只用最原始的水盆做武器，看着他们捧着一盆满满的水朝我方冲过来的时候，我们肯定会毫不手软地开枪射击。但没用呀，他们不怕水，任凭你用水枪怎么射，他们还是稳稳地端着那盆水向你靠近，最后他们会在很近的距离使出全力把整盆水泼向你的脸——我这才知道，原来真正的高手都是用水盆，只有像我们这种游客才会花个一百几十块钱去买把无用的水枪。

陷入苦战的我们顽抗了一个小时之后，决定向熊孩子们求和，跪求他们小人不计大人过。稍事休息之后，我们这帮人便浩浩荡荡地走上街头，想看看当地人怎么过泼水节。据说战斗最激烈的地方是泼水广场，于是我们朝着那里进发。一路上的画面颇为惊心动魄，我原来以为刚才咱们已经算是玩得够疯了，没想到跟本地人一比，才发现咱们只是小学生水平。本地人会开着一辆皮卡车出来，后面站了两个人，还立着几个大水桶，他们会以居高临下的优势向路人肆意泼水。而这时候作为路人的我们是很难反击的，因为皮卡车一闪而过，根本不会给你报仇的机会。

不得不提的是，当天街上所有的消防栓都会被打开，方便民众随时随地补水作战。从青旅走到泼水广场需要大半个小时，这一路上要么攻击人，要么被攻击，反正水盆有水的时候就泼，没水就拿来挡脸，且战且走地终于来到了泼水广场的边上。只见此时四周有很多女生在哭哭啼啼，她们都在哭诉在泼水广场里面怎么怎么被人欺负。

我心想："哎呀，这些女生也太娇气了，泼水节被泼水不是理所当然的吗？怕水就不要出来玩，有什么好哭的……"算了，不管她们了。"兄弟们，冲呀！"我大吼一句之后便杀进了泼水广场。

没想到自己进去不到半小时便狼狈不堪地撤了出来。妈呀，打从冲进去那刻起，我就感觉自己好像没睁开过眼似的，时不时会有一盆水突然泼过来，而且是从四方八面，根本防不胜防。原来所谓的泼水广场，是个能容纳几百人的大水池，这水池的水不深，只是稍微过了脚踝，在这里水枪没用，最王道的攻击方法是弯下腰来利用水盆把水池的水不停地冲对方的脸去泼。千万千万不要小看这种原始的攻击方法，要是不幸同时被几个人施以这种密集连环的泼水攻击，说实话，真的会有一种呼吸不了像溺水的感觉。

总之，泼水节实在是太疯狂了！超值得去体验一次！

泼水节一过，整个西双版纳突然就变得冷冷清清，大街小巷被游客挤得水泄不通的画面一下子消失得无影无踪。青旅的客人也走得七七八八，包括宝叔。他在前台办理退房手续时跟我说："其实我在西安也遇到过一个在青旅画画的香港人。"

不会吧！我惊讶得连下巴也合不上，太难以置信了，竟然会有香港人跟我一样在青旅混？我忙问宝叔那香港人叫什么名字，长什么样？

宝叔歪着头想了一想，说："名字我忘了……就见过一次，是朋友的朋友，只聊了一会，不过，我记得他跟你一样，也是长头发的……还有就是……他是画肖像的……"

我继续追问宝叔："你是在西安哪家青旅见过他？"

“七贤。”

不会吧，那么邪门？我赶紧又问宝叔是哪一年？

他想了想说：“那年我从西藏回来……是2009年！”

我激动得整个人跳了起来，大叫一声：“那不是我吗！我也在七贤待过啊！我当时就是画肖像的，我就是那个香港人啊！”

“啊——我想起来了！原来是你啊！”宝叔恍然大悟了好几秒钟之后，忽然换了一种相当惋惜的语气对我说，“但你现在怎么胖成这样啊……害我都认不出来了！”

西藏 〉〉 〉

搭车旅行

（二）

已经联系好下一家青旅，有点远，在拉萨，我在纠结应该怎么过去……

选择一是飞机，这趟路费虽说可以向青旅报销，但是暑假期间飞拉萨的机票实在是太贵了，所以不作考虑了。

选择二是火车，火车的话，我得先去昆明，然后再从昆明到成都，最后由成都一直坐到终点站拉萨。一想到要这样换三趟火车，就觉得很烦，而且暑假去拉萨的火车票很难买，搞不好我要在成都滞留几天，这样又得浪费钱去吃去住，不划算。

貌似现在只剩下最后一个选择了，搭车。

在青旅经常听人说起搭车旅行怎么好玩、怎么刺激，但我一直没胆去尝试……你想想呀，我既不是女生，长得又不像好人，光凭一张猥琐的脸，怎么可能会有司机愿意免费载我一程呢？想到这里，我又忍不住暗自发愁，但实在是嫌坐火车太……麻烦了，只好硬着头皮试试看能不能搭车去拉萨。

搭车之前我得先买个大背包，我可没听说过有人是拉着笨重的行李箱去搭车那么不上道。在淘宝一搜，哇，专业的户外登山包都很贵，动辄上千。我随即向身边热爱穷游的朋友打听有什么包好推荐，唯一要求是价格要亲民，啊不，价格亲民我也负担不起，价格一定要亲民，至于质量，中等水平就好了。哎，没想到还真有人能根据这样的奇葩要求给我推荐了一款登山包，国产的，三百多，价格是我承受范围之内，便付款买了。

接下来要考虑的是行李箱的处置，要搭车的话，就没法带上它了。这行李箱从香港跟我一起来到内地，并肩作战到现在已经有五年了，想念它曾经立下的汗马功劳，我决定把它送去深圳养老，寄存到朋友阿丽家里，让她来保管。我顺便把一些暂时不穿的衣服以及舍不得扔的小物件塞到行李箱内，一次过打好包寄过去。我买的登山包虽然已经是大号的 65 升，但毕竟没有行李箱的容量那么大，所以得去芜存菁，只带最重要的东西上路，之前我可是什么都带，什么都不舍得扔。

出发前一晚，我花了很长时间才把要带的东西井然有序地塞到背包里，我看着这个被填得满满的登山包，忍不住慨叹自己终于也成了一个“背包”客了。话说之前拖着行李箱到处流浪的样子确实不够酷。

据我之前在青旅打听回来的情报，搭车最理想的组合是一男一女，女的一个人搭车不安全，男的一个人搭车不容易，所以二者结合起来是最完美的。话说如果两人投缘的话，甚至还会发展出一部荡气回肠的公路爱情片来，好吧，我好像意淫过头了，别理我，让我静一静。

总之，得先找到一个女生愿意跟我一起搭车。

一早出发，坐了七个小时的大巴才来到香格里拉，下车之后先去当地一家设在草原上的青旅办理入住，放好背包后便出去看看这个包围着青旅的依拉草原。天气不是很好，阴天，虽然少了蓝天白云的衬托，但对于我这个没去过内蒙古大草原的人来说，光是这样一大片绿油油的花花草草便够我屁颠屁颠高兴好一会儿了，拍了几张“到此一游”之后，我接着去独克宗古城。

其实在云南待久了，你就会发现这些古城古镇基本上都是大同小异，所以在逛独克宗古城的时候，我只是当作一个指定动作去完成，内心没有任何特别的激动。然而万万没想到就在两年之后的2014年，这里会发生一场毁灭性的大火，大火几乎把这个有着1300年历史的古城付之一炬。记得我在手机上看到这条火烧古城的新闻时，第一个反应是：幸好我当时去了。但过了一会，我又觉得这实在没什么好庆幸的，是的，我是去看了，但其他人还没看，咱的子孙后代也没办法再看了，这有什么好庆幸的呢？总之，心情很微妙复杂。

在独克宗古城逛到天快黑的时候我才回青旅，嗯，是时候做正事了，我得找个妹子陪我一起搭车，然而没想到人这么不好找，我在青旅大厅一连问了八九个妹子，其中只有两个是准备搭车去拉萨，但她们早在几天之前就已经被其他男生预约走了，为什么之前没人“警告”我，搭车界的竞争竟是如此激烈！万一找不到妹子一起搭车怎么办？难道就我一个人去走滇藏线吗？就凭我这张猥琐的脸，能搭到车吗？

我越想越心塞，想回房间躺一躺，歇一歇。当我打开房门的时候，发现里面有个女生，这没啥好奇怪的，我睡的本来就是最便宜的男女混住多人间。跟她简单打了个招呼之后，我准备上床睡一会儿，就在这时脑海里突然出现一个机智的声音提醒我说：“机会来了，赶紧去问她，要不然后下手遭殃！”是啊，于是我跳下床问她：“你之后要去拉萨吗？”

“去啊！”她说。

我觉得这妹子有戏，就废话少说单刀直入：“那我们一起搭车去吧，你觉得怎么样？”

“唉，你怎么不早点说，刚才有个男生约了我，他现在在丽江，明天一早会过来香格里拉跟我一起搭车去拉萨……”

这哥们儿人在丽江就能隔空拿下我眼前这个香格里拉的妹子，有没有搞错呀，搭车界竟然弱肉强食到这种地步……

这女生叫圆圆，那晚我和她聊了好一会儿，因为都是要走滇藏线去拉萨，说不定会在什么地方再碰到，便交换了联系方式，毕竟在路上多个朋友可以多个照应。

（下）

说起搭车旅行，好像不得不提谷岳，他是带起中国搭车风气的鼻祖级人物，在大陆第一批尝试搭车的人几乎都是受到他的纪录片《搭车去柏林》影响，这片子在 2009 年一经播出之后，搭车随即成为一种时髦的人生体验方式，尤其在青旅，没搭过车都不好意思跟人家说你是背包客。

话说好像还是有人不太清楚搭车的概念，首先要知道的是，搭车不是那种每个人凑点钱的拼车，搭车也不是坐班车或旅游大巴，我这里说的搭车，是专门指顺风车，不用给钱，免费的。你或许会问凭什么免费？问得好，所以我才一直不厌其烦地强调妹子是搭车神器。你想象一下，假如你是个男司机——滇藏线上 99% 都是男人在开车，你在荒凉的 214 国道上看到一个可怜兮兮的弱质女流在路边冲你伸手拦车，作为男人的你，多多少少都有一种保护弱小的本能，然后你会忍不住让她上车，送她一段，反正顺路嘛。温馨提示：不建议一个女生自己搭车（除非你长得比我丑，胸比我还平），最保险还是一男一女的组合。

搭车其实说难不难说易不易，首先要有妹子，其次就是在对的地方拦车，你在市中心伸手拦车，停下来的都是出租车，你得走到偏僻的郊区，最好是一条大直路那种，这才好搭车。我、圆圆和蛋炒饭（之前约圆圆搭车的男生）三人在香格里拉吃完午饭之后便步行到 214 国道，这里就是滇藏线了。我们在国道上边走边拦，拦车的标准动作是伸手竖起大拇指，这是国际通用的手势。

之前也说了，搭车最好是一男一女，咱三人三个大背包大摇大摆地走在路上，司机都不太愿意搭理，所以一直搭不到车。走着走着，不知不觉有 5 公里了吧，其实平时走个5公里不算什么，但我现在可是背着一个沉甸甸的背包，里面塞满了我全部的家当，那个沉呀！肩膀都被压得快要畸形了，好疼！我纳闷地看着走在前面的圆圆和蛋炒饭，怎么他们走得那么轻松，难道是我太弱了吗，体能耐力甚至连女生都不如？

我越走肩膀越疼，我忍不住开始埋怨推荐我买这个登山包的哥们儿，果然是一分钱一分货，算了算了，毕竟只是三百多块，不能有太大期待……眼看自己体力快要跟不上，我便小跑几步凑上前去问他俩要不要休息一下，顺便再问一句："你们的肩膀不疼吗？"

他俩都说不疼。

我难以置信地再问一次："背着这么重的包，重量都压在肩膀上，还不疼？"我心里可是极度渴望他们也说疼，这样我会好过点。

圆圆忽然停了下来，看了看我背包的姿势，然后说:“受力的地方应该是在腰的位置，不是在肩膀，你把腰带调紧一点试试看吧。”

不会吧，受力的地方是腰，这么神奇？我听从她的话，试着把系在腰部的带子拉紧，没想到我这么一拉紧，受压的肩膀瞬间就轻松了，于是才知道原来这就是登山包的背负系统——很专业的术语是吧，我也是头一回听说。

三个人搭车本来就不容易，没想到后来又有一个哥们儿来加入，他跟我们走同一条路同一个方向，事实上在 214 国道行走的背包客都只有一个目的地——拉萨。我们四个走呀走呀走到下午三点左右，最后实在是累得挪不动腿脚了，干脆卸下背包，坐在路边拦车。

四个人一起拦车肯定会吓到司机，于是我们决定分成两人一组，轮流去拦。又一个小时过去了，但还是搭不上。虽说不时会有车愿意停下来，可是当我们凑上去一问，司机的回复要不就是要收点钱（圆圆坚决反对给钱，这违反她的搭车原则），要不就是距离太近了，才搭几公里，没多大意义。反正就是这样子反反复复地让你觉得有希望然后又失望，到最后我都有点麻木了。

在这种绝望的氛围中，我开始考虑后路了。“万一搭不到车，怎么办？”我禁不住以一副丧家之犬的表情去问圆圆。

“放心，一定能搭到！我就是从杭州一路搭到香格里拉的！”

我其实挺佩服她，拦车拦了快四个小时依然充满信心，但我还是忍不住朝她泼冷水：“但现在不一样呀，你一个女生带三个男的……”

“要不你们三个先躲到一边去，我一个女生比较好搭车！”说完，她就让我们三条“废柴”躲得老远。话说这种感觉挺奇怪的，仿佛我们几个在路边要设什么陷阱逮住路过的司机似的……

正当圆圆独自努力拦车的时候，我们三条“废柴”

已经开始商量今晚要睡哪，到底是回青旅好呢，还是就地找个招待所睡一晚，方便明天继续上路？正讨论着，忽然听到圆圆大喊：“有车了！快——过——来——”

我们应声抬头望过去，看到圆圆正站在一辆面包车旁边兴奋地冲我们挥手大叫。真是奇迹呀，竟然刚好有辆空的面包车路过，可以一次把我们四个人都带走，谢天谢地谢佛祖！

上车之后，跟司机聊天这种“外交”任务就交由圆圆全权负责了，圆圆虽然没有高颜值，但胜在活泼健谈亲和力高，很适合用来活跃现场气氛。面包车司机是大理白族人，在这边跑点小生意，好心肠的他把我们四个直接送到德钦一家青旅的门口，这时候已经快 12 点了。

进到青旅，随即遇到一个蓬头垢面的女生，她以一种过来人的语气冲我们搭讪说：“你们去不去雨崩，去的话要记住，只带那些不带去就会死的东西，这条路太辛苦啦！”

圆圆对这个女生很感兴趣，便坐下来跟她继续聊。我觉得累，本想倒头就睡，但还是觉得应该先去洗个澡。洗完回来，圆圆便对我说她要去雨崩徒步，问我去不去？

不是说好要搭车去拉萨的吗，怎么变得这么快，怎么突然改道了，话说雨崩在哪，有什么好看的？

圆圆跟我简单介绍了一下雨崩，说是可以近距离看到梅里雪山之类的，然后再问我去不去，不去的话她就跟蛋炒饭去，她说蛋炒饭已经答应陪她去。

其实我是想尽快到拉萨，因为我跟青旅要了一千一百块的路费，要是我能以七百块走完滇藏线，那就等于赚了四百大洋。不过，今天的搭车经历让我明白到一点，如果没有圆圆的话，我是肯定搭不到车的，搭不到车就得从这里开始掏钱坐车去拉萨，那肯定会更贵。所以我必须得跟着她走，不能给她任何借口把我丢下，于是我们三个约好明天一早出发去雨崩徒步。

雨崩徒步

走滇藏线之前，我做过一些攻略，大概知道从香格里拉到拉萨这段路上有什么地方可以吃顿饭、睡个觉，但对于雨崩，我是完全没有概念，因为雨崩跟滇藏线无关，根本就不是去拉萨的方向，尽管很多到了德钦的人都会去雨崩徒步。

第二天一早，我、圆圆和蛋炒饭连同几个青旅客人一起拼车到西当。西当是山脚下一个村子，我们将从那里出发，翻过眼前这座大山方能到达雨崩村。这座山的海拔在 3000 米以上，话说这些几千几千的海拔你看看就好了，记下来也没用，你只要知道在这么高的地方，空气稀薄，氧气不足，爬山时往上踏出的每一步都能累成狗就好了。我们气喘吁吁地走了八小时，终于来到了雨崩村，今晚就在这里吃饭和睡觉。

雨崩是个挺原始的地方，连现代社会最基本的电力也保障不了，这里白天停电，晚上也就仅仅供电几个小时而已。雨崩唯一的交通工具是马（或驴或骡子，唉，我分不清），这里的马不像丽江和香格里拉那些，只是用来给游客拍照的，这里的马是活生生的交通工具，雨崩所有物资都是靠它们运进来。温馨提示：你要是在雨崩的山路上遇到这些运输马队时，记得赶紧让开躲到一边去，你别指望这些劳动中的动物会让你，它们只会把你直接撞开。

当晚，一众背包客们聚在小饭馆内讨论着同一件事——明天到底能不能看到“日照金山”？所谓日照金山其实就是梅里雪山的日出。本来嘛，看日出只是个纯粹的天气问题，有云或者下雨就看不到了呗，没什么大不了的，可是这些背包客却非得这样解释：看不到日照金山，就是你人品不好！

貌似没有人愿意承认自己的人品有问题，所以大家都很关心明天的天气状况。他们有的人说今晚能看到月亮，明天应该会晴空万里，肯定能看到；但一会儿又有人反驳说梅里雪山的天气变化莫测，根本无法预料，可谓众说纷纭。唉，想那么多干吗呢，听天由命就好了。

第二天清六点左右，圆圆和蛋炒饭已经刷过牙洗完脸，穿好衣服，在走廊守候着日出。雨崩村的房子几乎都能直接看到梅里雪山，不需要去什么收费观景台。而这时候的我却还在赖床，请原谅我，作为一只有着高傲血统的纯种夜猫，我更喜欢日落，因为早起太辛苦了！说实话，要不是日照金山关系到人品这么严重的事，我干脆多睡一会儿，不看了。

大概六点半左右，圆圆回来看我还在床上，便说现在外边天气很好，一定能看到日照金山，让我快点下床准备一下。话说现在虽然是七月底，但在高海拔山区的早晨还是相当冷的，我是那种一冷就不舍得跟被窝说分手的人，便一直赖着赖着迟迟不起，直到我听到房间外的人声开始鼎沸起来，才匆匆忙忙披上衣服，冲出去拍几张日照金山，好让日后可以跟其他没看过的人炫耀。

拍完照，吃过早餐，收拾一下又准备出发，圆圆说今天咱们要去一个叫神瀑的地方，据说是藏传佛教的圣地。我们从雨崩村出发，途经了原始森林，还见到了冰川，走了三个小时才来到神瀑。只见这里很多人都在浑身发抖，一问才知道原来他们都是刚刚转完神瀑。所谓转神瀑就是在这条神圣的瀑布之下顺时针转上三个圈，据说这样可以让你清洗干净罪孽，并且获得祝福。

我逮住一个衣服半湿的路人甲问："都七月了，水还那么冷吗？"

"冷呀！你自己转转就知道了，这可是雪山融化的雪水呀……”他边说边脱掉身上那件一次性雨衣，然后递给我，让我拿去用。

我虽然没有过多的宗教信仰，但习惯入乡随俗，既然都来到这里了，不去转一转的话，好像有点对不起佛祖菩萨。我来到瀑布底下附近，看到一个水很浅的水池，应该就是在这个水池里顺时针转上三圈了吧。

我脱掉运动鞋，把它放在一旁，然后穿上刚才那件别人给的一次性雨衣。我突然很好奇，到底是谁发明的这种朝圣方法？记得在小时候看过的热血打斗动漫里，主人公也是经常在瀑布底下顶着流水的冲击进行打坐修炼，没想到现在自己竟然有机会做类似的事……我一边瞎想，一边等待着最佳时机，我所谓的最佳时机，是等瀑布的水流量稍微弱一点的时候才冲过去，因为被这些从天而降的圣水冲打身体还是会有点疼的。

赤着脚的我在水池边上等呀等呀，直到“最佳时机”终于出现，我赶紧把握着冲过去，顺便哇哇大叫几声给自己打打气。然而我这牛哄哄的气势在自己一脚踏进水池之后便灰飞烟灭了，妈呀，这也太冷了吧，一股刺骨的冰冷从下往上涌到心肺，冻得我很快哆嗦起来。

尽管我很机智地选择“最佳时机”冲进去，可是人算不如天算，我才刚开始准备转圈的时候，水势忽然增大了！面对着神瀑下的滂沱大雨，我那件免费得来的一次性雨衣根本没用，身体一大半还是被淋湿了。

我咬紧牙关哆嗦着转完三圈之后便极速走到阳光之下晒太阳。天呀！这阳光太舒服了，绝对是我这辈子晒过的最舒服的太阳，没有之一！这阳光的热力，除了蒸发了我湿衣服上的水分，好像还蒸发了我身上部分的罪孽，哪些罪孽？嗯……比如吃完饭不掏钱总是等着别人买单，比如老是偷偷盯着女生看。

就在我惬意地享受着这温暖的日光浴的时候，旁边的藏族男人突然对我说：“朋友，你会好运的！”

“好运？”我一头雾水地望着他，“为什么？”

他慈祥地解释说："神瀑流下来的水越大，就代表祝福越大，你刚才转神瀑时，水就特别大。"

居然还有这种说法？真的假的？阿弥陀佛，对于此时此刻湿身的我来说，只要不感冒便是最大的祝福了——高原感冒引发的肺水肿可不是闹着玩的……

转完神瀑之后第二天，我们开始返程了。离开雨崩有两个方法，一是原路返回，再翻一次那座大山，二是从尼龙出。网上说，尼龙这一段路有点危险，岔路多，悬崖多，事故多，不建议行走。而我在雨崩也确实看到类似这样的警告牌，上面对尼龙的描述是：尚未开发，如执意行走，发生意外，后果自负。

就我个人而言，当然是希望活着到拉萨，但圆圆不喜欢走回头路，非得要走尼龙，我怎么劝她都不听，我甚至还搬出"如果出事了父母怎么办？"这种根本不配出自我口的理由，但一样没用。好吧，既然她心意已决，我也只能舍命奉陪。

为了增加安全系数，我们多约了几个人一起走，万一有事也多个照应，最后同行的队友有九人之多。话说尼龙根本没想象中那么险，我们沿着雨崩河一直走下坡路，遇到不确定的岔路口时，只要顺着河边走，总能走对路。基本上是无惊无险，除了最后那几公里。那几公里，大家都不再左顾右盼地说话，只是专心盯着前方好好走路，因为左手边是峭壁，右手边也是悬崖，而眼前的路大概也只有一米多宽。你可以从悬崖边上一眼看到底，底下就是汹涌澎湃的雨崩河。就在这个时候，同行一个女生的帽子突然被大风刮走，我见状便本能地跑起来去追逐那顶一直在地上打滚的帽子。物归原主之后，我才突然意识到：妈呀！原来我刚才是在悬崖边上奔跑呀！假如不幸失足，那真的就是一失足成千古恨了！

这是我迄今为止唯一一次的后怕。

从雨崩回到滇藏线之后，我变得比之前主动，但凡看到有车将要过来，我都会迅速地在马路边上站好，然后面带微笑做出大拇指手势去拦车，就算司机不停，飞驰而过，我也会对着车尾轻轻挥手，祝他一路平安。我忽然觉得就算没有圆圆，单凭自己也可以搭车到拉萨，也不知道这是从哪里冒出来的自信……总之，我感觉自己好像越来越像背包客了。

过了好一会儿，我终于成功拦下了一辆拖拉机，这是我第一次靠自己拦的车，激动得当场大叫起来！虽然拖拉机速度很慢，排出来的废气也很多，但胜在视野开阔，此时在拖拉机后边的我们宛如置身在没有车顶的观光巴士上，360 度的自然风光可以任意观赏。

圆圆激动地对我说：“阿德，你知道吗，我从杭州一路搭过来，虽然坐过很多车，但坐拖拉机真的是第一次！”

直达拉萨

来到芒康其实就已经进入西藏境内了，这里离拉萨 1200 公里，一路向西就能到。芒康到拉萨这一段，既是滇藏线又是川藏线，两条路在此重叠，换句话说，从现在起，路上会出现更多的背包客，搭车会变得比之前更难，因为你有妹子，他也有妹子，大家都带着妹子来搭车，谁也不怕谁。这些妹子大都是学生，趁着暑假出来体验一下搭车旅行。

而这时候的圆圆和蛋炒饭也成了很有默契的一对搭车组合，我也不好意思硬生生地挤过去……

也就是说，现在就我一个人了，一想到要单挑路上那么多伸手拦车的背包客……唉，我突然毫无自信了。

还好俺毕竟是看过“日照金山”的人，狗屎运还剩一丁点没用完，我搭到了一辆直达拉萨的货车。

这是一辆运送葡萄的中型货车，司机俩都是山东人，小县城长大，没去过香港，我是他们接触到的第一个香港人，他们很好奇和关心香港的情况，主动问了我很多问题，其中有一条特别经典，司机问我：“在香港是不是很容易见到明星，是不是随便走在街上都能碰到？”

由于这是我刚来内地那会儿经常会被问到的问题，已经回答过很多遍，所以我连想都不用想就跟他说：“香港是很小，但还没小到随便逛个街都能遇到明星。不过香港每天都有各种各样的宣传活动，会有很多明星出席参加，如果你不怕等的话，可以天天去排队，这样天天都可以见到明星。”

香港就是这样，你要远距离看看明星还是挺容易的，抽出一天时间去排排队挤一挤就可以了，不像内地，假如你是甘肃天水某县人，就算你只是想隔着几百米看刘德华一眼，也得先去兰州，不，西安机会好像大一些，也不，还是去趟北京吧……总之就是比较麻烦。

说起香港明星，大家应该都认识余文乐吧，不骗你，我跟他曾经有过的最近的距离只有一米，因为他跟我读同一所高中（基督教香港信义会心诚中学），不过他是隔壁班的。那会儿他虽然还没开始混娱乐圈，但已经是校园里的大明星，他人长得帅，打篮球也厉害，在学校的运动会上特别拉风，什么 200 米短跑呀、4×100 米接力赛呀，都能看到他的身影。

作为一个普普通通其貌不扬的高中生的我当然讨厌余文乐，凭什么女同学都喜欢他，凭什么他运动那么好，凭什么……唉，我现在后悔了，早知道当年跟他混，做小弟，说不定我现在也半只脚踩在娱乐圈，认识一大帮明星了……好吧，请你离我远点，我又不知不觉开启了意淫模式。

在货车的副驾座上坐了好几个小时的我有点腰酸背痛，眼看快要天黑了，便问司机："我们今晚是不是在左贡过夜？"

没想到他竟然说不过夜。

我不太明白地问："不过夜是什么意思？"

他指着后面那个正在睡觉司机说："我和他会一直轮流开车到拉萨，葡萄赶着送过去，不能耽误时间。"驾驶座后方有一张床，不，应该算是沙发吧，反正能睡一个人。且慢，他们有地方睡觉，那我怎么办？难道我要一直这样"硬座"到拉萨吗？开玩笑吧？

我忙问司机："那大概什么时候能到拉萨？"

他说："如无意外，后天早上！"

得熬两个晚上？这比坐50个小时的火车硬座去拉萨还苦呀！在火车上你累了，还可以站起来走动走动，伸展一下四肢，但坐在副驾座的我只能一直保持这样呆板的坐姿，直到四肢瘫痪手脚残废为止——妈呀，我能活着到拉萨吗？

凌晨不知道几点，货车突然停了下来，睡得迷迷糊糊的我忽然听见几下开门关门的声音，两个司机都下车了。通过他们开着的货车前大灯，我看到他俩正在清理前方路上的碎石头，这些从山上滚下来的碎石，尖锐得可以把轮胎戳破。

我本来可以选择继续在车上睡觉，但想到现在既然同坐一辆车，那就是一个团队，要有福同享有难同当，于是我也下车去帮忙。这时候车外正下着毛毛细雨，咱仨都没穿雨衣。地上的碎石很多，有大有小，小的如拳头，直接踢开就好了，大的有篮球那么大，得使劲去搬开，我本来还担心这样徒手清理的话不知道要何年何月才能搞定，幸好他们说，只需要清理出两行没有碎石的小路径，能让货车的轮胎通过就好。

在搬石头的过程中，笨拙的我还不小心把右手拇指给割破了。在凌晨时分的细雨中折腾了大半小时之后，我们又回到车上继续连夜赶路。

第二天下午，在货车副驾座坐着睡了一夜的我精神疲惫，于是司机跟我说："你到后面睡一下吧！"

"不用了，你们开车累，还是你们睡吧！"我可不能让好心载我一程的司机疲劳驾驶呀。

没想到司机却说："你去后面睡吧，他要坐你的位子。"

好吧，有点尴尬，原来是我自作多情……哎，奇怪了，为什么突然要用上两个司机？他们之前都是一个在开车，另一个在睡觉。

司机解释说："前面就是通麦，那十几公里的路特别危险，需要两个人同时一起看路况。"他说这话的时候，货车正好行驶在通麦大桥上，当时谁能料到，在一年之后的2013年8月3日，这桥就塌了，还死了好几个人……

2012年8月4日早上九点多，我终于来到了拉萨。在这货车上度过的三天两夜里，我有过无数次企图开门下车一走了之的冲动，因为在副驾座上动弹不得实在是太难受啦，搞得我腰酸背痛，脖子都睡歪了好几次。但是，我还是含着眼泪咬紧牙关坚持下来了！话说我虽然不会挣钱，但在省钱这件事上，我还是蛮拼的，必要时把小命搭上去也在所不惜。

最后为了感谢两位山东好司机把我送到拉萨，我把身上最后两张 10 元港币送给了他们，作为咱这次相遇的纪念品。

平　措

来到拉萨，跟两位好心的货车司机道别之后，我便按着抄写下来的地址去找青旅，问了几个人，总算找到了在朵森格北路上的平措。

平措是我见过的规模最大的青旅，房间多达 140 个，分为老楼和新楼，两栋楼之间相隔 100 米左右，老楼有点旧，但胜在热闹有氛围；新楼则环境安静，设施较好，能睡个好觉。

平措更是我见过的最挣钱的青旅，实际挣多少我不知道，但起码知道一点，这里的义工好多呀！你应该知道什么是义工吧，虽说没工资，但管吃管住还是会有成本，所以青旅一般招义工顶多也就四五个，多了也用不上，但你知道平措有多少义工吗？二十多个啊！如果这家青旅不是超级挣钱的话，根本不需要招那么多人。

话说能养得起这么多义工的平措也不是浪得虚名，连陈坤都住过！什么，你不信，你觉得大明星不可能会住青旅？是真的，你可以百度一下，2011 年陈坤和“行走的力量”的志愿者们来到拉萨之后就是住在平措。所以说平措在青旅界真的是相当有名，实话实说，我这次被平措老板召唤过来画墙绘，也有点受宠若惊。

到了平措之后，我被安排住到新楼的 8413，那是个六人间，因为暑假是挣大钱的旺季，所以平措只能给我提供多人间，要等暑假结束后才能腾出一个单间来。其实我的待遇已经比其他义工好很多了，我住的是新楼客房，硬件设施很好，还有人天天打扫卫生；

而平措那二十多个义工则住在类似二十世纪九十年代东莞工厂的集体宿舍，环境颇为脏乱差。但是，他们都是特意来拉萨体验生活的人，所以根本不会介意，相反，正因为紧密地挤在一起生活，而玩得更高兴！

且慢，先别说了，我要去洗澡啦，我这次徒搭滇藏线，打从雨崩开始已经连续七天没洗澡了，作为一个一天不洗澡就会抓狂的香港人，我离精神失常真的不远了，再不赶紧去洗的话，我说不定会发疯裸奔。

我在青旅的浴室痛痛快快地洗了一个多小时的热水澡，尽量把身上的死皮通通搓掉，直到皮肤上出现一道又一道红色的抓痕，才有一种洗干净自己的感觉。

洗完澡，我来到平措五楼的天台，从这里可以直接看到布达拉宫。我静静地望着这个出现在 50 元人民币背后的伟大建筑，我呆呆地看着圣城的景色，轻轻说了一句："拉萨，我来了！"

我来的时候是暑假，平措已经有二十多个义工，初来乍到的我，突然要面对这么多陌生的脸孔，而且几乎都是 90 后，动不动就比我小十岁什么的，实在是让我有点不知所措，所以我决定先保持一段安全的社交距离，暂时不去积极融入他们的圈子，等脸熟了之后再说。

平措老楼在 2006 年开业，因为开得够久，墙上全都是涂鸦留言，注意，这不是夸张，真的是连边边角角都被写满了。不过相对于其他青旅墙上的“某某某到此一游”，平措的留言还蛮有意思，应该是有感而发吧，毕竟西藏曾是某些人的梦想。我常常一个人漫步在平措老楼的走廊和楼梯，读读这些陌生人留下的只言片语，有感觉的话会抄下来，现在拿几句出来跟你分享一下：

“人总是到很远的地方找自己。”

“顷刻间，恍惚后，蓝天白云下，找回最初的自我。”

“天堂的隔壁是西藏。”

“西藏久了，便觉得是一种修炼。”

“离太阳越近，我沸腾得越强烈。”

“曾经魂牵梦绕的地方是西藏，如今翘首以盼的是家乡。”

我不知道墙上这些话语到底是原创，还是拾人牙慧，反正读着挺有意思的，特别是下面这段：

“我以为，是道路选择了我，而不是我选择了道路，除了这样勇往直前向前走，似乎也别无选择。我所做的一切，虽然都是心甘情愿，却总含着某种难以理解义无反顾的意味，所以，当我说笑时，大家千万别以为我的心在笑，当我哭泣时，脸上也不会有泪水。”

暑假过后，旅游旺季结束，平措很大方地给了我一个日式标间去住，这房间在旺季时要卖三百，算是我在青旅画画以来住过最贵的了。搬进标间后，我开始积极融入平措的义工圈子——事实上我不得不这样做，因为现在我一个人住就没机会再交什么新朋友了。在平措混了一个多月的我已经认得出这二十多个义工的面孔，所以玩起来一下子就熟了。跟大伙混熟以后，我马上发现了平措的一大好处，就是超容易蹭饭！你想想，这里义工那么多，谁谁谁今天生日了，肯定会请大家吃顿饭庆祝一下的吧，然后谁谁谁明天要走了，又会搞一顿践行饭，总之，真的是隔三岔五就有饭蹭，蹭得不亦乐乎，蹭得我越来越胖！

摆　摊

来到平措之后，我第一次有了强烈的挣钱欲望，这可以说是前所未有的。放心，我不是那种会说出“钱不重要”这种傻话的人，我只是对钱看得很淡而已。

高中的时候，身边不少同学都会做暑期工挣钱，他们打工不是因为穷，而是想买最潮的耐克球鞋以及最新的诺基亚手机。而我，或许是漫画看多了，总觉得暑假就应该拿来谈恋爱，最好是谈出一段荡气回肠的浪漫爱情故事，好让自己老了之后有段甜蜜的回忆，所以我情愿控制物欲也不要牺牲宝贵的暑假，因为暑假是恋爱的季节！然而，漫画都是骗人的，世界上哪有那么多邂逅和相遇，所以我多年来的暑假都只是在家里看电视、看漫画和睡懒觉而已……

我出生在香港一个普通的平民家庭，我妹一到15岁就开始做兼职，别误会，她可不是勤工俭学那种人，相反，她很讨厌读书，她读的是香港数得出来最差的那几所学校之一。其实她比我懂事，她从小就热爱工作了，因为工作就会有钱，有钱就可以买买买，所以她比我先买手机，比我先去泰国（我到现在还没去过），她在物质上一直遥遥领先于我，但我从来没有嫉妒过她，因为她是拿时间去换钱，而我却把时间浪费在看漫画上，得到的肯定是不一样，所以没什么好嫉妒的，自己过自己喜欢的生活就好了。

再说一件听起来很难以置信的事，20来岁的时候，妈咪跟我说将来要把家里的房子给我，她说我哥已经搬出去了，我妹嫁人的时候也会有自己的房子，就差我没着落了。妈咪应该是担心我性格这么奇特，将来挣不到钱，所以就特别偏心地关照我。

然而你知道我当时是怎么想的吗？

我的第一反应是，我在这里已经住了十多年，还要我住一辈子呀？这也太无聊了吧！所以我赶紧跟妈咪说：“不用了，不用了，房子你自己留着就好了，不用管我！”

现在说起这件事，我也觉得有点不可思议，但我当时真的就是这样想，都怪我财商低，没有直接把房子联想成人民币，要是妈咪当时说的是将来要给我多少多少万，那我肯定百分百笑着要！

说了那么多，你应该有点明白我那种所谓的“对钱看得很淡”是什么意思了吧，简单来说，我知道钱很重要，但一直没怎么关心过它。就算是在最穷的时候，我也只是想着该怎么省钱，而不是想方设法地去挣钱，这就是我对钱的思维模式，所以我肯定不会发达，注定是穷人命。

然而，像我这样从小没有挣钱意识的人，到了拉萨之后竟然也忍不住开始浮躁起来！都怪平措的挣钱机会实在是太多了，而且都是很容易挣的快钱，眼看着那些义工只是帮客人排队去买四张布达拉宫的门票，一晚就能赚八百，然后晚上随随便便摆个摊，轻轻松松又有几百块钱的进账。同为义工的我能不眼红嫉妒么？

嫉妒是一种很奇妙的东西，李嘉诚有好几千亿，但你不会嫉妒，可是当你邻居买了一辆宝马，你就有可能会嫉妒；一个乞丐不会嫉妒开宝马的人，但他会嫉妒另一个乞丐今天捡到了很多瓶瓶罐罐。同样，我不会嫉妒别人有车有房，但我会嫉妒别人可以到处旅游，尤其是尼泊尔，平措很多义工都去过，所以我也好想去！听他们说，去尼泊尔穷游一个月也就三千块！

三千块是我当时的一半身家，是一笔大钱，但对于游历一个国家来说，又好像很划得来，搞得我蠢蠢欲动，特别特别想去，到后来我甚至到了觉得没去过尼泊尔就等于白来了一趟拉萨这么严重的地步，所以决定要摆摊挣钱。

摆摊的第一步是进货。

虽然谁都知道拿货的地方就在八角街，但还是有人带着比较放心些，免得在挣钱之前就已经被宰几刀。然而进货是商业机密，所以就算是同为平措义工，大伙也不是特别乐意跟我分享，但我不管，为了挣到钱去尼泊尔，我决定死缠着他们不放。碍于交情，他们也不好意思太直接生硬地拒绝我，便默许我跟在后面。我们在八角街的小巷子里左穿右插，最后进了一家门口挂着各种佛珠的批发店。老板是个三十岁不到的年轻小伙，右手把玩着佛珠的他一看到我们，便笑着迎了过来。

话说这些义工在摆摊的时候，客人随便一问，他们都能侃侃而谈，对各种佛珠可谓了如指掌，给人一种上知天文下知地理的感觉，然而在这位卖佛珠的老板面前，他们的画风竟然来了个一百八十度的大转弯，一个个忽然变得什么都不懂，像小学生似的请教着各种问题，而老板则知无不言言无不尽。

好吧，我现在算是明白了，原来他们对佛珠的种种认识，都是来自这位老板的口述，只要老板说这是一串多少年的老佛珠，他们自然也会跟客人说这是多少年的老佛珠，所以这根本谈不上鉴赏力，只能算是纯粹的复制粘贴而已。

话虽如此，这次跟着他们来进货，对我这个菜鸟来说还是蛮有收获的，起码我现在能认出什么是星月菩提、金刚菩提，又知道了佛珠一定要穿成 108 颗。因为不知道好不好卖，所以我只进了三百元不到的货。

义工通常是到平措新楼去摆摊，那边的一楼电梯前有一片空地，约莫 30 多平方，挤一挤可以容纳八九个人同时在摆摊。摆摊的黄金时间是晚饭后，但我不喜欢同行太多挤在一起叫卖的感觉，所以只是在下午的时候出来摆一摆。

可是不知道为什么我比较倒霉，摆摊头两天都没

八廓古城
光明商店餐馆

有开张……

我有点想不明白，明明都是差不多的货，为什么人家轻轻松松就能卖掉，而我的东西却无人问津……于是我开始留意别人到底是怎么摆摊，然后一不小心就发现了一个残酷的真理：这是一个看脸的世界。摆摊生意最好的那几个都是女义工，她们本来样貌就可以，再加上一身民族风打扮，个个都搞得像三毛似的，让人看一眼便觉得此姑娘必有故事。

假如你是客人的话，你会跟大叔模样的我买呢，还是跟撒哈拉沙漠的三毛去买？拜托，这根本不用去想吧，同样是掏钱，我当然是想跟一个有故事的女生买啦，买完顺便把微信一加，最后发展成红颜知己，这画面多美呀！

所以到了摆摊的第三天，我基本上不抱希望了，只想把这批货卖完就算。之后该怎么挣钱我也不知道，要不做代购卖牦牛肉干，或者是学其他义工一样，帮客人排队买布达拉宫的门票？唉，到时候再说吧……

因为不再指望靠摆摊挣钱，我摆起摊来也特别不敬业，他们摆摊时都是火眼金睛，只要与路人一有眼神交流，就马上逮着机会说：“过来看看有没有喜欢的，今天还没开张，便宜卖喔！”而我这种业界败类却是看着旅游杂志去摆摊。就在我入迷地读着一篇关于巴黎的游记时，突然有人把我的货收起来要全部带走，被吓一跳的我慌忙抬头一看，是个女城管，她凶巴巴地冲我说：“跟你说了几遍这里不能摆，你还要摆！”

都怪我看杂志看得太投入，这女城管应该是刚才口头警告过我几次，而我却没听见，所以她才粗暴地动起手来。

我一边用手护着那些货，一边跟她点头哈腰地道歉：“不好意思，不好意思，我刚才没听见，对不起，对不起，对不起！”那一刻我顾不上路人的目光，更顾不上什么体面不体面，我只是极为狼狈地收拾包袱，赶紧离开。

垂头丧气地回到房间之后，我想睡一会儿，因为人睡醒之后会有一种重新开始的感觉。但却怎么也睡不着，感觉很糟糕，虽然我的货没被没收，但总觉得丢了什么似的，说不出那种感觉……

第二天，我问人借了一张朝拜用的垫子，然后下午去了大昭寺磕长头，八十八个。海拔 3700 米的拉萨真不是盖的，八十八个长头磕下来远比我想象中累，磕完之后发现忘了把眼镜摘下来，结果眼镜片都被刮花了。老实说，磕这八十八个长头，有一半是为了在女生面前表现，因为我让她在旁边帮我数；还有一半是因为好奇——我每次路过大昭寺门口时都看到很多藏族同胞在磕长头，从早到晚都有人磕，我忽然很想知道那是一种什么样的感觉……

磕完我知道了，原来是没感觉的，磕长头的时候很纯粹，只需要让身体重复这些动作就好了，大脑什么都不用想，特别放空。这时候，我忽然有点明白之前在平措墙上看到的“在拉萨的每一天都是修炼”这句话的意思了。

当我决定不再摆摊之后，便把所有珠子戴到自己手上做装饰，这时候反而有很多人过来问我卖不卖？这世界就是如此讽刺，总是无心插柳柳成荫。不过，我已经不想卖了，那颗很想挣钱去尼泊尔的心已经没了。

我不想为了去一个地方旅行而改变自己，我就静静地留在这里，看着朋友圈的他们环游世界就好了。

仙女节和盲人学校

第一次听到“仙女节”的时候，我真的以为是开玩笑，因为那天所有女性，不管是小女孩还是老太婆都可以向身边认识或者不认识的男士要钱，这个听起来很不可思议的节日是在藏历每年的十月十五日。

为了多了解一下仙女节，我还特意请教在平措打扫卫生的藏族服务员，我好奇地问她：“如果那个男的不给钱会怎么样？”

没想到平时看起来很善良的她竟然用一种充满怨念的眼神望着我说：“不给的话，这个男的今年一定会倒霉！”

我被她突如其来的杀气吓得咽了一下口水，然后又怯怯地问道："那要给仙女多少钱才合适？"

"这个没规定，熟人嘛……给十块吧，不认识的给一块就好。"最后她又补充了一句，"不过现在已经没有人会给一毛了。"

话说我虽然在拉萨待了好几个月，但认识的藏族人就只有平措那四个负责新楼客房卫生的服务员，通过她们，我了解到西藏在某些方面跟内地其实没什么区别，比如她们四个都是乡下的，没怎么读书，所以做了服务员；比如当她们面对着生活在拉萨的城里人时，也会有点小小的自卑。

我住在六人间 8413 的时候，她们每天都会进来打扫卫生，她们经常会指着某个床铺问我："这个人退房了没有？"要是退房了她们就换床单。我发现她们有一点好，就是虽然做着一份不算好玩的工作，但整天都嘻嘻哈哈很开心，笑起来特别开怀，这一点我在香港和内地都没见过。

仙女节前一晚，我敲门进了服务员的宿舍，我问她们几个："仙女节只能给钱吗？能不能送礼物呀？"说完就把一个袋子递给她们。

她们打开袋子一看，发现里面都是闪闪的项链、耳环、发夹等女生用得着的小东西，高兴得眉飞色舞。这些东西本来属于一个在拉萨摆摊的哥们儿，后来他家里有事要急着赶回去，便把这批货通通送了我。这些东西虽然看着还可以，但肯定贵不到哪里去，如果在内地，我是绝对拿不出手送人的，但送给这几个藏族服务员倒还可以，因为我看她们平时就喜欢这种汉人的东西，就像我们也喜欢有藏族特色的东西一样，或许这是由于距离产生美吧。

她们几个很喜欢项链，每人挑了一条，戴上之后还问我好不好看。

好看，我说。我觉得她们今晚都像仙女。

到了第二天，也就是仙女节，我把之前特意攒下来的零钱全部拿出来，从一毛到一块，加起来大概有二十多，打算吃完晚饭后到八角街转一转，好好感受一下被一群仙女围着要钱的节日氛围。

下午六点左右，我在厨房打晚饭的时候，忽然进来一个藏族女生，我不认识她，她却直接伸手过来要钱，还好我旁边那义工早有准备，反应敏捷地摸了一下口袋，然后笑着递给她一毛钱。

藏族女生看着这一毛钱，并没有伸手去接，只是一动不动地站着，神情微怒，我感觉到她好像马上就要发飙，于是很识趣地赶紧从自己兜里抓了一把钱给她，却没想到抓出来的那把钱，几乎全是一毛……老实说，这画面确实有点像打发一个女乞丐，最后，恼羞成怒的她二话不说抢过我手上的零钱，然后狠狠地扔回到我身上。

我没有生气，应该说是不敢生气，毕竟她今天是仙女。我只是低头看着散落一地的一毛钱，用阿Q精神跟自己说："嗯，她是在祝福我，这是仙女散花呢。"

小倩是我在拉萨平措六人间8413的室友，才认识两个小时不到，她就对我说："阿德，你要保护我，这是我第一次住男女混住的房间！"

听她这样一说，我心里就忍不住发笑，她怎么能这么随便就假设我是好人？说不定我就是最坏的那个，真是单纯得好可爱，哈哈。其实青旅的男女混住很安全，就拿8413来说，这是个六人间，就算，就算只有你一个女生，而其余五个都是男的又能怎么样？难道某个男的想侵犯你，我们四个就站在一边做围观的吃瓜群众，你觉得有这可能吗？肯定不可能！咱肯定会群殴那个色魔，拜托，每个男生心里都有一个英雄救美的意淫场景好吗。再说了，这样的行为是百分百要坐牢的，因为入住的时候都得登记身份证。还有呀，青旅是人员密集的地方，你只要吼一声，立马会有一大堆像我这样八卦的人冲过来看热闹，所以安全得很，根本不用担心。

面对小倩的保护请求，我很痛快地拍胸口保证说：“没问题，包在我身上！”聊着聊着，突然有人推开房门，我迅速站起来，像侍卫保护公主一样挡在小倩面前，然后张开双手护驾，我问闯进来的那个人：“你是谁？”

那哥们儿一脸懵懂地说：“额……我叫阿源……”

我尽量忍住笑，继续故作正经问一个白痴的问题：“你是好人还是坏人？”

“好人……”

“你是做什么的，老家在哪里？”我继续审问，同时听到小倩在后边咯咯笑。

“老家在河南郑州，自己开店的。”

这哥们儿很配合，估计已经意识到只是闹着玩而已。我转身问小倩：“他可以吗？看起来不像坏人喔。”

小倩此时被我逗得一边捂着嘴笑，一边点头说：“可以可以！”

几天之后刚好是雪顿节，这是西藏最盛大的节日之一，其中最重要的活动是晒大佛。所谓晒大佛，就是把一幅超巨型的唐卡展示在露天山头的晒佛台上，好让民众参拜朝圣。这唐卡到底有多巨大？就拿我们即将要去看的哲蚌寺那幅释迦牟尼像来说吧，长约 40 米，宽约 37 米，需要上百僧人才能搬动。

雪顿节当天凌晨三点，平措六人间的闹钟忽然响起，我和小倩以及几个室友应声下床，开始刷牙洗脸，待各人穿好衣服后便出门打车到拉萨西郊的哲蚌寺。来到寺庙门口，我们随着人潮上山，沿途没有任何路灯，漆黑一片，只能靠自己的手机照明，不过，你不必担心安全问题，因为这里到处都是警察和武警。

缓慢地往山上走了将近大半个小时后，忽然看到前面满满都是人，再也无法前进，太夸张了吧，本来以为咱凌晨三点起床已经够早了，谁知道前面竟然还有那么多人……唉，原本还想着占个有利位置去看看那些僧人是如何把那么巨型的唐卡搬到山上然后展开，现在怕是没机会了，估计我们只能堵在这里直到天亮……

不一会儿，这里竟然挤得像北京地铁一号线的上班高峰似的，我问旁边的小倩："你还好吧？"

"还好……要不是我个子高，恐怕连呼吸都有困难……"确实，她比我高一些，可以呼吸到较新鲜的空气。

一开始，我还能勉强骗自己说这种挤迫感是一种节日氛围，等到我被汹涌的人潮挤到好几次双脚离地之后，便感觉不太对劲。与此同时，四周开始了各种怨声载道：

"别推啦！这里有小孩，别推啦！"

"让一下！这里有人喘不过气，快晕倒啦！"

"不要推我！别碰我，什么素质啊？"

"救命啊！求求你们别推啦，好吗？"

这时候不要命地往前挤的其实不是咱游客，而是虔诚的藏族同胞，他们想去前面更好的位置瞻仰。

小倩有点崩溃地说：“阿德，我们走吧，这里太挤啦！”

“我也不想挤呀，但现在出不去！”

小倩伸手一指：“看！那边好像有块空地，我们过去吧！”

我顺着她指尖的方向望过去，只有漆黑一片，什么都看不见。我在想，那边要真是块空地的话，大家早就过去了，谁还会留在这里跟藏族同胞们挤得死去活来呀？

我不赞同小倩的看法，决定继续留在原地。

又过了一会，我手机响起，是小倩。接通后我抢先问她：“你去哪里了？”

“阿德，阿德！你赶快过来，这里不用挤！”小倩激动地说。

挂了电话之后，我立刻从人海之中杀到刚才小倩所指的地方，果然是一片空地！话说我们刚才其实是停在挡着别人上山的位置，所以才遭到一心要去朝圣的藏族同胞们的挤压，现在咱滚到一边去，就没人再来推撞了。

幸好有小倩呀，不然我得在拥挤的人海里滞留到天亮呀！这一刻，我看着眼前的小倩，顿时觉得她全身都在闪闪发亮，像救苦救难的活菩萨。

天一亮，人潮开始慢慢往山上移，我们跟着虔诚信徒们的步伐，终于看到了传说中的晒大佛。好了，功德圆满，可以回青旅补觉啦！彻夜未眠的我们在8413狠狠地睡了四个小时，直到晚上七点才算是活过来。睡饱之后，大家准备去吃酸奶应应节，因为雪顿节按藏语的解释就是吃酸奶的节日。

小倩把我们带到布达拉宫旁边的“酸奶坊”。这里的酸奶原来不是平时超市里卖的那种，而是一种会酸到让人情不自禁地脸部扭曲的“变态”酸奶，怪不得每张桌子上都放着一大罐白糖，你可知道嗜甜的我足足放了八九勺的糖才吃得下吗？

酸奶坊除了够酸，还有一个特点，就是会永久保存客人的留言本。永远或许只是噱头，但我确实看到了好几年前的本子。眼看着小倩他们都在写，于是字丑的我也忍不住写了几句：

有一天

所有，都会被遗忘

被遗忘得

只剩下你的一个笑容

成都 〉〉〉

跟　班

第二次来成都是为了帮一家新开不久的青旅画墙绘，待遇跟之前差不多，也是报销路费以及自己睡一个带独立卫浴的大床房，唯一不太满意的是伙食。

青旅现在有一批长住客人，他们是四川省残疾人游泳队的队员，因为青旅离他们进行集训的猛追湾游泳场很近，教练便安排这二十多个运动员在青旅包月长住。

既然是省级游泳队员，那待遇肯定不会差，所以每天都有厨师专门给他们做饭，而且营养特别丰富，有鱼有肉有菜有汤。由于游泳队的一日三餐都是在青旅大厅以自助餐形式进行，以至于厨房一直被占用着，咱也做不了饭，于是干脆把整个厨房让给了他们，条件是顺便把我们青旅那份员工餐也做了。这听起来很不错是吧，但问题是我们得等他们运动员打完菜之后才能吃……

这……这就有点吃残羹剩菜的感觉了……

不过话又说回来，咱也确实不好意思跟这些游泳队员计较太多，因为他们大都是未成年的小朋友，其中最年长的也就是 20 岁出头坐着轮椅的那个男生，他在汶川大地震中失去了双腿。不过你千万别以为他好欺负，我跟他在青旅大厅打过几次桌球，每次都输给他。后来，我无意中在新闻上看到他，原来他可出名了，被誉为“无腿蛙王”，曾在全国残疾人游泳锦标赛上取得百米蛙泳冠军。他叫代国宏，一个特别阳光特别正能量的男生。

游泳队里年纪最小的是小慢，她得了小儿麻痹症，需要大幅度扭动全身的肌肉才能踏出一小步，唉，看着都替她辛苦。由于行动上不便，小慢身边经常有一个金发女孩搀扶她进进出出。

金发女孩叫夕颜，她的金发是因为白化病。我第一次接触白化病是小学时，屋村楼下卖鞋的那个男生跟夕颜一样，也是金头发和白皮肤，多年来我跟他买过好多次拖鞋，感觉他跟一般人没什么不一样。

成都青旅安排我住在一楼的大床房，房间的落地窗正对着一个绿油油的公园。某个阳光灿烂的下午，夕颜和小慢在嬉戏时无意中穿过公园的草地，出现在我窗前。虽然天天在一起吃饭，但我跟她俩其实还没说过话。

我想了想，拿起桌上那盒曲奇走过去问她们："要不要吃一块？"

事实证明"零食外交"这一招对小朋友还是很管用的，她们一人拿了一块，然后说了声"谢谢叔叔"。

此时站在窗外的夕颜因为逆光的缘故，金发比平时更浅色更透亮，而且背景刚好就是一大片绿色植物，哇哦，猛一看真有点像童话里的精灵。就在我打量着她的时候，夕颜也在盯着我的房间看："叔叔，你住在里面吗？"

我点头说："是的，"然后下意识地回头一看，发现房间内到处都是乱丢的衣服和袜子，于是略显尴尬地跟夕颜道歉说，"不好意思呀，里面超级乱，没怎么收拾……哈哈哈……"

这时候正吃着第二块曲奇的小慢跟我说："她看不见的。"

为什么？

"因为她眼睛不好！"小慢异常耿直地回答。

我本来还有点担心夕颜听到会生气，然而她根本没有任何反应，仿佛早已听习惯了。后来我才知道，原来像夕颜这样的白化病人普遍都会有弱视。

某天下午，游泳队训练回来，我正好在青旅大厅画着一幅具有四川特色的墙绘：古今中外的名人，包括李白、杜甫、马云，还有卡通人物辛普森聚集在一起打麻将。

夕颜好奇地站在旁边看我画画，于是我把画笔递过去让她来试试，没想到这就把她给吓到了，夕颜连忙慌张地摇头摆手说："我不会画，不会，不会！"

"没事，很容易的！这里只需要简单涂一个颜色而已！"说完我就轻松画了几笔做示范。夕颜见我现在画的这部分确实不难，才敢伸手接过画笔和颜料。可能是因为视力不好吧，所以夕颜在画的时候习惯性地把头靠得比较接近墙面，每一笔都很小心翼翼，颜色也涂得很均匀，没有出界。不过，她好像挺缺乏自信的，每隔一会儿都会跟我说："对不起，叔叔，我画坏了。"像口头禅似的。

夕颜涂完那块颜色之后，我笑着跟她说："记住哦，这幅墙绘是我们两个一起合作完成的喔。"

游泳队的集训在过年前结束，之后我就没见过夕颜了。不过我们交换了 QQ，偶尔她会找我聊几句，每次总是“阿德叔叔”“阿德叔叔”这样喊我，久而久之，我好像真的有点觉得自己是她的长辈了，这是我前所未有的体验……

如果你对我够了解的话，应该知道我习惯把所有人都当成平辈，无论是比我小 10 岁的 90 后，或是比我大 10 岁的 70 后，通通都是平辈，因为我不喜欢倚老卖老，更不喜欢别人对我倚老卖老，我喜欢与人平等交往。

但面对着总是喊我叔叔而且还是个高中生的夕颜，我实在没办法拿她当平辈看，以至于跟她说话的时候，我都得先考虑一下自己这样说会不会对未成年的夕颜产生什么不良影响，尤其不能用我平时最爱的一些粗口语气词，这个绝对要禁止。

总之就是有一种不知道从哪来的责任感，让我觉得自己要做个好榜样给夕颜看——这……这完全不是我平时的画风！

熟了之后，夕颜不时会跟我提起在学校不开心的事。那天她说自己不想再上学了，然后我就问她要不要做我的“马仔”。

“不要！好难听！”

“那手下呢？”

“不要！”

“随从呢？”

“不要！”

“跟班呢？”

“跟班稍微好听一点，好吧！”夕颜答应了。

“那等叔叔将来混得很好的时候，你就做我跟班吧。不过，做跟班不能太文盲，所以你现在先要好好读书。”

直到今天，我混得还是不怎么样，依旧在青旅靠着画墙绘来抵房租和饭钱……但尽管如此，我还是憧憬着能有一天可以对夕颜说：“你现在可以随时过来做阿德叔叔的跟班了！”

以泡面充饥的大年初二

从我第一天来到成都这家青旅，大成就是那副苦瓜脸。熟了之后，我就不太客气地指责他说："作为一个青旅老板，你整天愁眉苦脸的，别说客人看到不舒服，就连我们的工作士气都被你打击到了！"

然而你知道大成是什么反应吗？他听到之后不但没有生气，相反还很给我面子地挤出了一个强颜欢笑。

我每天画墙绘的时间都是自由安排，想画就画，不想画就出去走走。那天下午大成看我穿上了轮滑鞋又准备出去溜达的时候，忽然很感慨地说："阿德，可能你不会信，但我以前其实也跟你一样，自由自在，活得很滋润……”

后来通过跟其他员工聊八卦，我大概知道了大成那副苦瓜脸是怎样练成的。话说大成毕业没多久就开了一家小型的旅行社，专做老外去西藏旅游的生意，他这门事业发展得很顺，短短几年就攒了第一桶金，然后雄心万丈的他打算转型开青旅，于是开始到处找哪里有转让的店，最后看上了我现在画画的这一家。

这家青旅的前老板娘叫马姐，她把店转让给大成之前，曾经言之凿凿地保证说消防证一定会在半个月之内办好，让他不用担心，赶快付款，于是大成很爽快地把这几年轻松挣来的积蓄通通砸进去，另外再跟亲戚朋友借了几十万。

至今大成已经接手青旅两个多月了，可是消防证还是没办下来，以至于这家青旅目前依然处于非法经营的状态，这就是为什么大成总是一副苦瓜脸的根源所在。

那晚我在前台用电脑上网的时候，大成忽然神色慌张地走了过来，接着就是一轮翻箱倒柜地找东西，最后他用近乎绝望的语气问我：“你有没有看到我钱包呀？”

我神色凝重地摇摇头说：“没有……”

然后大成整个人一下子就垮了，只见他一边软瘫瘫地坐下来，一边喃喃自语：“完了完了，连身份证都没了……”当晚大家都很努力地安慰已经徘徊在崩溃边缘的大成。

令人意想不到的是，大成在第二天竟然原地满血复活，更神奇的是他连招牌苦瓜脸都消失了，笑眯眯地对着我说：“阿德，中午我们去找个馆子吃饭吧！”

我本来以为这是一顿提升员工士气的聚餐，没想到大成把我们带到一家苍蝇小馆之后宣布：“我不干了！”

原来这是顿散伙饭……

他说自己昨晚突然想通了一切，什么都明白了，决定要把青旅转让出去，重新做回老本行。这顿饭除了大成之外，我们每个人都是一副苦瓜脸。大成当天就把工资结算好，然后解雇了所有员工，除了我。他说我可以选择继续留下来，因为不管之后是谁接管，青旅还是需要人画墙绘的。

大成决定不干之后，立即让马姐和她老公马哥来成都商量股份转让事宜。由于大成当初不够钱把所有股份买下来，所以这两夫妻现在依然持有青旅的股份，是小股东。另外在当初转让的时候，大成也不是傻子，他在给钱之前，肯定也会在转让合同上写明要是办不到消防证就可以退股之类的条款，不过具体细节我并不清楚，这是他们之间的事了。

拜托，我现在哪有心情去管这些呀，我可是泥菩萨过河，自身难保呀……打从大成决定不干之后，青旅随即进入停业状态，从此没人做饭。这种连饭都没得吃的地方，我肯定想离开，但这会儿刚好没有别的青旅喊我去画画，所以一时半会跑不了。

后来马姐到了成都，好像还蛮喜欢我画的墙绘，便让我去阳朔帮她的客栈画一下。好吧，既然如此，那我就先按兵不动，静观其变吧。不过，这段时间青旅的气氛真压抑，天天都见到这几个股东们因为利益的问题吵来吵去，很烦。

2013 年 2 月 9 日的除夕夜，有七个人在青旅吃年夜饭，但只有三个菜，三个不怎么好吃的菜。到了大年初一，所有人都撤了，除了我和大成，大成其实是很想回家过年的，但没办法，总得有个人留下来守店，然后他问我为什么不回家过年?

我肯定不能告诉他真相，就说香港离成都太远了，回去一趟太麻烦。不过在内地人眼里，距离好像从来都不是过年不回家的理由，再怎么远也得回家过年，于是大成很微妙地说了我一句："你真潇洒！"

说是潇洒，但我隐约听出他好像是在说我狼心狗肺，不过算了，习惯了。

这家青旅的院子超级大，将近1000方米，里面有假山石，有花园，有鱼塘，有餐厅，有茶馆，如果生意做好的话，肯定会热闹非常！可是现在……唉……

大年初一本应喜气洋洋，但此时此刻独自漫步在这广阔院子里的我只感到无比的冷清，落魄之感油然而生。更让人心塞的是，在本该海吃海喝的大年初一，大成却只做了一个菜——排骨，而且竟然还要分两顿来吃……

到了大年初二，大成甚至说："阿德，不做饭了，中午吃泡面算了。"

大年初二吃泡面？像我这样自由散漫惯了的也受不了。算了算了，我自己到外面吃算了，可是出去走了一圈之后却发现，附近的餐馆都已经关门了……于是只好绝望地滚回青旅跟大成一起吃泡面。

大年初二，两个男人在青旅院子里面对面坐着，默默地等待眼前那碗牛肉泡面熟透，大成也意识到咱俩现在不是一般的苦，便抱歉说：“不好意思，让你在大年初二吃泡面，都怪我……”

我心里当然怪大成，不过看到他那副苦瓜脸再度出现时，突然有点于心不忍，便跟他说：“你知道吗，我们现在应该高兴才对！因为等将来成功了，你就可以大大声声跟别人说一想当年自己是有多苦！你没发现吗，很多成功人士都会津津乐道他们创业时期的奋斗故事，所以我们今天大年初二吃泡面这件事，你就把它当成将来成功之后吹牛的谈资吧！”

说完这番壮怀激烈的鸡汤言论之后，好神奇，正在吃着的这碗泡面竟然一下子变得好吃起来——乐观，果然是困苦人生中最好的调味料。

后 记

古人说的“读万卷书，行万里路”，是一种高标准、高品质的生活。对此生命的追求，真正实施者甚少。读书破万卷不容易，远行也是多有不便。时间走到了今天，旅途变得十分通畅，行万里路已经不是问题，读万卷书却仍不是件易事。这需要个人的自觉及社会的推动。而文字是一种释放，也是一种交流。作家的写作同样需要与读者互动。

漓江出版社顺应需要，提出了散文精品城际阅读，编辑系列名家丛书，以迎合扑面而来的旅途与信息相融的高铁时代。

谈起选题时，我们就谈到了“七”这个数字，它是“赤橙黄绿青蓝紫”的七，是“哆来咪发唆拉西”的七。让人联想到色彩的无限斑斓与乐曲的美妙变化。那么就定为七人吧，每年邀约七位当今活跃于文坛的作家，以构建可资阅读、珍藏、研究的厚重文库。

作家们欣然响应，很快组成不同性别、不同年龄、不同地域、不同风格的七人年展。毋庸置疑，随着时间的推移，这个精品文丛将会显示出它茁旺的生命力。

王剑冰

2017 年夏

王剑冰，著名散文家，我社《中国年度散文》《中国年度散文诗》主编，《旅伴文库 · 散文精品城际阅读》主编。

请记下你与日子的美好相遇

请记下你与日子的美好相遇

请记下你与日子的美好相遇

请记下你与日子的美好相遇

请记下你与日子的美好相遇

请记下你与日子的美好相遇

请记下你与日子的美好相遇

请记下你与日子的美好相遇

请记下你与日子的美好相遇

请记下你与日子的美好相遇

请记下你与日子的美好相遇

请记下你与日子的美好相遇

请记下你与日子的美好相遇

请记下你与日子的美好相遇

请记下你与日子的美好相遇

请记下你与日子的美好相遇